遠き山に光あり

宇都宮みのり
UTSUNOMIYA Minori

文芸社

目次

第三部　死線を越えて

はじめに

この物語は、私の養母、宇都宮イトの六歳の記憶から始まる。イトは一九二四（大正十三）年に愛媛県南予の東宇和郡（市町村合併により消滅、現西予市）に生まれた。父親の暴力、母親「雪子」の家出を経験し、祖父母に引き取られて養子になり、宇都宮家の跡取り娘として育った。十五歳から一家を支え、戦争で初恋の人と別れ、二十歳で炭鉱夫の與八郎と結婚。軽度の知的障害のある夫與八郎と、重度の知的障害のある三人の子（修《おさむ》、マドカ、一世《いちせ》）とともに生きた女性の記録である。私は、イトが愚痴を言うところを一度も見たことがない。いつも背筋をシャキッと伸ばしていた。イトは第一子の了癇《しかん》産（妊娠中毒症による痙攣発作）の後遺症で両目の視野の多くを欠損していたが、それを感じさせない、厳しくて気位の高い人だった。

私はこの物語の中に出てくる雪子の娘「智世《ともよ》」の娘で、名古屋に住んでいた。與八郎とイトが三人の子どもと姫路に引っ越したのは私が六歳の時のこと。夏休みになると毎年姫路に遊びに行っていた。與八郎はがっしりとした体躯で、いつもニコニコと穏やかに座敷に座っている人だった。子どもだった私は、三人の子が学校に行かずにずっと家にいると聞いて、「ええなあ、学校に行かなくていいなんて」と言ったことがある。大人たちは皆黙った。與八郎だけが「あんたは学校に行けていいなあ」と笑っていた。あの時の大人たちはどんな気持ちだっただろう。

私は社会福祉を学ぶために大学に行った。一九八五年、大学一年の夏休みに與八郎の死、そして大学三年の夏休みにイトの長男の修の死に立ち合った。その後、イトは二人の子を施設に預けると、智世を頼って名古屋に引っ越してきた。イトにとっては、どんなにかつらい試練の時だっただろう。

私がイトの養女になったのは一九九八年三十一歳のことである。イトとともに暮らす中で、たくさんの昔の物語を聞かせてもらった。それは二〇〇九年に八十五歳で亡くなるまで続いた。イトを看取ったあと、これまでに聞いた物語の記録や、イトが書きためていた手記や日記、写真、手紙の束、戸籍謄本、炭鉱の資料をかき集めた。子らの通知表や炭鉱の給料明細も残されている。それは大きな衣装ケース三箱分になった。私はイトが残したこれらの資料をつなぎ合わせて、智世の有する資料や記憶で補強し、当時の社会事象に照らしつつ構成し、歴史的な記録小説としてまとめることにした。

これは、激変する昭和という時代の波に翻弄されながらも必死に踏みとどまり、懸命に生きた女の物語である。

なお本文中、現代的価値観からすると差別的といえる言葉を用いているが、その時代の認識をあらわす歴史的表現として、あえて当時使われていた言葉をそのまま用いて表現していることをあらかじめお断りしておきたい。

宇都宮みのり

二〇二二年十月二十四日

『遠き山に光あり』

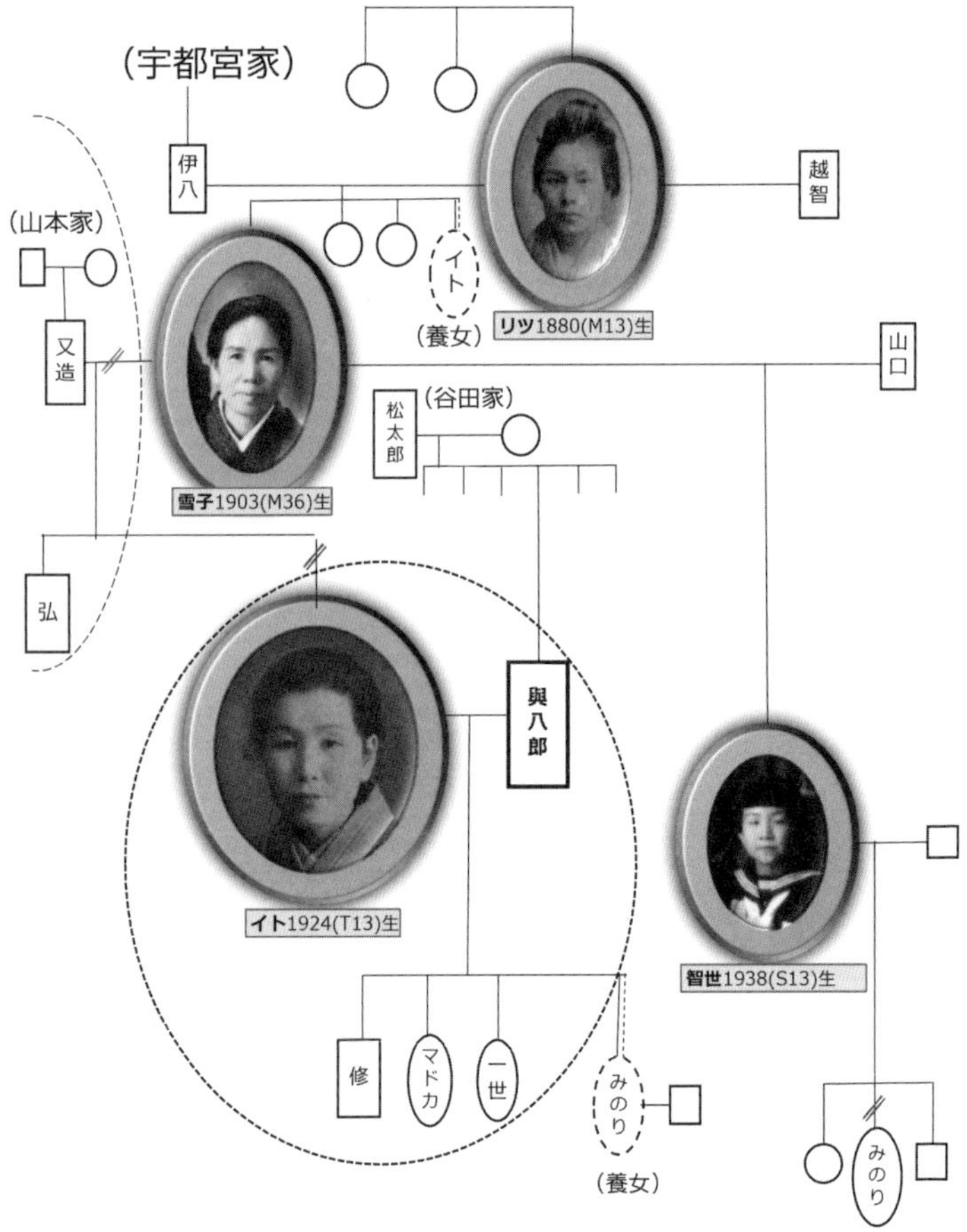
(宇都宮家)
伊八
越智
(山本家)
イト
(養女)
リツ1880(M13)生
又造
山口
(谷田家)
松太郎
雪子1903(M36)生
弘
與八郎
イト1924(T13)生
智世1938(S13)生
修
マドカ
一世
みのり
(養女)
みのり

第一部　生い立ちの記

昭和五年　リツの手元に

「終わりはてねば吾身が知れぬ」

昔の人が言う通りだ。幼い孫と二人きり、一針一針裁縫に明け暮れるようなみじめな姿を、誰が想像しただろうか。自分で仕事を頼み、わずかな仕立賃が日々の暮らしの糧となり、行く末を頼むこの子はまだ六歳……。実家へ帰れば面倒を見てもらえることはわかっている。それが一族の血というものだ。だがいったん嫁いだからには、おいそれと戻るわけにはいかない。

リツは生まれてこのかた一文の銭も稼いだこともない。父に守られて育ち、夫に仕え、家を守ってきた。毎日誰かが手土産を持って訪ねてくるような、豊かで賑やかな家だった。三人の娘たちにはきれいな着物を着せて、見目好く育てた。あの華やかな日々を思い出すほど、今がみじめになる。人の一生は計り知れないと、リツはつくづく思う。夫の伊八さえ生きていたら、長女の雪子にもう少しこらえ性があればと。

リツは垂れた首を上げてぐるぐると回した。夫の伊八の病気は急だったたし、仕方のないこと、雪子には雪子の生き方がある。雪子が帰る所はここしかないのだから、いつか帰ってこよう。雪子を不出来な男に嫁がせてしまった責任は自分にある。山本の又造は家業の酒蔵の酒を酢にしてしまう男、そして酒を飲んで見境なく暴れる男だった。雪子も哀れな子。リツには、家と子を捨てて逃げた娘を責める気持ちになれなかった。帰ってきたら黙って迎えてやろう。

リツはかたわらに眠る小さな孫を眺めながら、わが子を育てるのとは違う責任の重さを感じていた。リツは指を折る。イトが大人になるまであと十五年、どうやって生きていくか……。月々五円、六円と使うのだから、仕立賃では賄えぬ。

（安定した生活がしたい。私はもう五十歳、若くなることはなく、老いていくだけの身……。どうしていくか。あと十五年は生きねばならん。生きねばならん）

リツは身震いをした。これといった当てがあるわけではないけれど、ただ懸命に生きようと、そう思って考えるのをやめた。

「伊八さん、見守っていてくださいよ」

リツは伊八の位牌に静かに手を合わせた。

昭和六年元旦。イトは、花模様のモスリンの着物を着て、黄色の帯を締めている。掃き清められた八畳の床の間には、旧い掛け軸が掛かっている。これは分家の印として、リツが本家から渡されたものだ。掛け軸の中の美しい女は梅の花の下で月を仰いでいる。床の間には、半紙を敷いた三方に鏡餅が飾られ、盆の上に銚子と杯が置いてある。イトはその前に両手をついて頭を下げた。リツは三方を取り、イトの頭の上で恭しく押しいただいた。

「ご先祖様、若宮様、千代萬世の神々様。イトは八つになりました」

そして静かに三方を戻した。次に、くるりと仏壇の方を向いて、燈明をあげた。

「伊八さん、イトは八歳になりましたよ」

またくるりと膝を回して盃を取り、イトに渡す。イトはそれを恭しく両手で受けとる。盃に酒が一滴注がれ、イトはそれを飲む仕草をして盃を戻した。

昼ごろになるとリツの知り合いが何人か訪ねてきた。四方山話の末、その一人がイトの手に富貴銭を握らせてくれた。リツはお礼を言い、孫にも頭を下げさせた。

「だんだん《ありがとう》」

と言って、十銭の白金を握りしめた。

三が日が過ぎ、七草粥も食べた。そしてお十五日も過ぎた頃に、リツは何枚かの葉書と切手を買ってきた。次の手紙を書くための心づもりだという。

一月が過ぎたある日、リツは東向きの八畳の座敷で縫物をしていた。火鉢に鉄瓶の湯がチンチンと音を立てている。コテが二本、五徳の縁にさしこまれている。前の庭には柿の木が植えてある。伊八がイトを引き取って、養子として入籍した年に、記念だと言って植えたものだ。イトがまだ数えで四歳、満で二歳の時のこと。柿に実はまだ生らない。椿がほころんで赤さを覗かせていて、笹は三段に剪定されている。日が傾くとこの笹の影が座敷に落ちる。三十坪ほどのこの住家の、ささやかな庭であった。

二人が夕食をすませた頃に、女が訪ねてきた。昼間にも来ていた人である。その時に、リツは女が持ってきた手紙を読んであげていた。息子からの便りで、送金のお礼と近況を知らせてきていた。

「おリツさん、また来たよ。お邪魔するよ」

その人は懐から封筒と巻紙を取り出した。息子へ返事を書いてくれ、ということであった。リツはその人が来る前から、文机を灯りの下に持っていき、墨を磨《す》って待っていた。

リツは昼に一度読んでやった手紙をもう一度読んで聞かせた。手紙は、

「かならず必ず帰って、立派な家を建てて、かあさんを幸福にする」

と結ばれている。その人はうつむいたまま耳を澄ませ、昼と同じように涙を流していた。

リツは手紙を読んでから、その人が語る通りに手紙に書いた。「こちらは何とか暮らしている、学校を出たらいい仕事に就きなさい」としたためた。それを読んで聞かせると、

「だんだん。あんたはええ家に生まれて学校も出とるし、縫い物もできるし、ええなあ」

「いやいや、人の運命はわからんものよ。あんたは立派な跡取りの倅をもって幸せじゃ。わが子は宝よ。それに引き換え、私の頼りはこの孫だけじゃあ」

リツと女はそばで遊んでいる幼子を見た。


リツは愛媛県高浜村で生まれ育った。三方を山に囲まれた美しいこの村は、南を海に面し、石灰と漁業から成る豊かな村であった。はるかに霞んで見える遠い島影、浜には、釣り船が引き上げられ、網が干されている。ときどき、沖のかなたに鯨が潮を吹いているのが見える。飛行船がゆったりと大空を飛んでいる。のどかな農漁村である。

この高浜村に初めて学校ができた時、リツの両親はすぐに幼いリツを入学させることにした。「女の子を学校にあげるなんて」と、村の人々は皆驚いたという。でも学校に通ったおかげでリツは字が読めるし、文章も上手い。特にリツの女文字はことさら美しいと評判だった。リツは村の女たちに頼まれると快く代読や代筆をしている。伊八が死んでから、リツは、昼間は着物を縫い、夕食後は代筆のために文机で墨を磨るという生活をしていた。

リツは、世の中は幸福の方が少ないと思う。ある時には「送金を頼む」という切々たる思いを、遠くにいる息子に伝える手紙を書いた。そんな時のリツの筆は進まなかった。折り返し届く返事に、「病気のために働けず金を送れなかった」と言い訳が書いてあるのを読んで聞かせるとリツの心は痛んだ。リツの所へ来る人は、家内のことや寺への布施のこと、子どもの病気のことなど、何かと相談し、リツはその家の事情に応じて返事をしている。涙を流す人には、「禍福は糾える縄の如し」と言い含めて返していた。

ある晴れた朝、網船が浜に帰ってくると、いつものようにご近所さんが籠いっぱいのジャミ[一]を届けてくれた。リツは、「だんだん」と籠を高く掲げて頂戴し、早速鍋に放り込む。ジャミがさっと白くなると、豆腐や青さを入れて、味噌をちょっと入れる。いい匂いがあたりに漂うと、籠を受け取った人は満足げに帰っていった。台所をのぞいていたイトはあわてて手を膝に当て、ひょいと頭を下げた。別の日には、戸口に白菜が置いてある。そのたびリツは、「ありがたいことよ」と手を合わせた。そしてイトにも、「忘れてはいけないよ」と言って聞かせた。

一　ジャミ…小魚のこと。

三月も半ばを過ぎ、イトが家の前で遊んでいると、郵便屋が来た。

「ほい、イトちゃんに小包が来とるけん、ばあちゃんにハンコもろうてきてや」

「あい」

と、イトは家の中に走っていき、大きな声で呼んだ。

「ばあちゃん、郵便屋さんが来た。ハンコ、ハンコ」

リツはハンコを持っていそいそと出ていって、小包を受け取った。

「どこから来たの？」

イトは目を輝かせた。小包を送ることはあっても送られることはなかったからだ。

「東京の三越、とだけ書いとるのう」

「ふうん、東京の三越」

何か不安な思いがイトの心をよぎったが、言葉にならなかった。紐を解くリツの曲がった指先をじっと見つめていた。包み紙が丁寧にはがされると、中からきれいな箱が出てきた。箱のふたが開けられた。中から、目が覚めるような真っ赤なビロードのカバンが現れた。カバンのふたには美しい花の刺繍が施されている。

「わあ、お姫様のカバン！　誰の？」

「ここに『イト様』と書いてある。イトに送ってくださったのだよ」

カバンの下からは、春らしい桃色の柔らかいドレスが出てきた。リツはドレスを手に取って、イトの体にあてた。

「あんたは色が白いけん、桃色のドレスがよう似合う」

箱の奥から、セルロイドの鉛筆入れ、鉛筆、クレヨン、そして金紙や銀紙にくるまれた丸いチョコレート、赤や白の小さなお菓子が次々と出てきた。イトはくるくると目を回しながら、東京という所は夢のような美しい所なのだろう、と胸が高鳴った。

リツは銀紙に包まれた丸いチョコレートをイトの口の中にポイと入れた。イトはそれを口から出して、銀紙を丁寧に剥いて少しかじった。茶色のチョコレート、中は白くてクリームだ。口の中で甘く溶けた。残りを大事に少しずつかじった。

お菓子の中に書付が入っている。リツは手にとって読んでから、イトに手渡した。イトは声に出してそれを読んだ。

「オカシハハンブン　ヒロシニ　モッテ　ユキナサイ」

イトは手紙を机に置いて、頬杖をついた。

（東京には、こんなにきれいな服を着て、こんなカバンを提げている人がたくさんいるんだろうか、こんなお菓子がたくさんあるんだろうか。東京はどんな所じゃろうか。私はばあちゃんが織った木綿の着物を着て、ばあちゃんの編む赤い鼻緒の藁草履を履き、さつま芋や芋の粉をこねて蒸した団子を食べている。でも東京だったらきっと……）

「イト。山本のばあちゃんの所へ行って、弘にお菓子を半分渡してこい。この洋服を着て、このかばんを掛けて」

リツの声にはっと夢から覚めた。リツはお菓子を半分包んで、赤いカバンに入れている。ドレスは縫い上げがいらないくらいにちょうどよい大きさだった。

弘は、イトの実弟で、父方の祖父母の山本家に預けられていた。イトは、お菓子の入ったカバンを掛け、山本の家の門をくぐった。

「ばあちゃん」

奥から弘の祖母が出てきた。

「イトか。おお、ええ服を着て、ええカバン掛けて。誰が買うてくれた？」

「うん、東京の三越から送ってきたの。お菓子は半分、弘に持っていけと書いとった」

カバンからお菓子を出して祖母に渡した。

「そうか、そうか、送ってもろうたか」

弘の祖母はつくづくとイトをながめながら、

「袖丈もちょうどようて、よう似合うのう」

と、何度も何度も頭を撫でながら、

「早う大きくなれよ」

と言った。イトは、「弘のばあちゃんも、私のばあちゃんだ」と感じていた。そしてこのドレスもカバンも、実の父親からの贈り物だということを、誰にも教えられずとも知っていた。そしてまた、父親と母親のことは聞いてはいけないことだということもわかっていた。

明治三十六年、雪子は、伊八とリツの長女として生まれ、宇都宮家の跡取り娘として育てられた。しかし、雪子が十九歳になった時、村一番の大酒蔵屋からの縁談話をもらった時、伊八は雪子の幸せを願い、それを認めた。そして当時の法律に従い、跡取り娘の雪子を廃嫡にして、高浜村の山本家へ嫁がせた〔二〕。

ところが、昭和元年、イトが二歳二か月、弘が五十日の日、雪子は二人の子どもを置い

〔二〕旧民法第九七五条には、「推定家督相続人ノ廃除」を定める条項があった。廃嫡・廃除される人には重大な瑕疵がある場合があったが、雪子のように跡取り娘を他家に嫁がせる場合にも廃嫡する制度であった。

て、突然婚家を出た。その頃には伊八もリツも、山本家での雪子に対する仕打ちを承知していたが、出戻りの雪子を家に入れることもできない。そうして雪子は姿を消した。

雪子は、家を出る一週間前にイトと弘を連れて写真館に行き、親子水入らずの写真を撮っていた。雪子はせめて二人の子に、母と一緒にいる写真を残しておきたかったのだ。

雪子の夫の又造は半狂乱になって心当たりをすべて探したが、雪子の行方はわからなかった。そのうち又造もまた雪子を探しに出たまま、行方がわからなくなった。

そうして長男の弘は又造の兄が引き取り、山本家の跡取りとして、又造の母に育てられることになり、イトは伊八が引き取ることになったのだった。もう四年も前のこと。

左から雪子（21歳）、弘、イト

昭和六年　女先生

リツの家に、四月から尋常小学校の女先生が下宿することになった。三十坪の屋敷は平屋で、八畳二間と四畳半の茶の間、炊事場と玄関があるだけで広い住まいではない。しかも奥の八畳にはタンスと長持ちがあり、窓辺には機織り機が据えられている。座敷には生前の伊八の机と書棚があるし、雪子の嫁入り道具も出戻ってきている。物が多くて狭い所であったが、リツは雪子の道具を上手く奥の間に運び入れて、どうにか寝る場所を拵えた。家屋は古びているが、せめて座敷だけでもと壁を塗り替え、畳も替えた。庭に面した障子はガラス戸にした。東向きの座敷に朝日が柔らかく差し込むようになった。小さな庭には四季折々の花が咲いていた。山のふもとのこの家では、小鳥の声に目覚め、お寺の鐘の音に暮れるのである。

「先生がうちとこへ来る！」

イトはもう何日も前から楽しみにして、その日が来るのを指折って待っていた。

明日から新学期という日の午後、イトは桟橋に立って、船で来る先生を待っていた。迎えの人が大勢集まって、船着き場は賑やかであった。後ろに山を控え、前は広い海が広がっているこの村にとっては、何といっても桟橋が唯一の交通の要所である。人が去るのも、人が来るのもここである。

発動船は津々浦々を廻って、高浜の桟橋に着いた。船から桟橋へあゆみ[三]が渡され、一人ずつ荷物を提げてそろそろと降りてくる。中ほどにひときわ目立ってあか抜けた美しい人がいる。その人はあゆみを渡ると、まっすぐにリツの前に立った。

（先生だ！）

イトはすぐそう思った。

「小母さん、お世話になります」

その人の声は透き通るように高く、笑顔がこぼれるように美しかった。リツは前に一度あいさつをしているので、この先生を知っていたが、イトは初対面である。何と言われてもろくに口もきけず、リツの後ろに隠れて先生を見ていた。

「待っていましたよ。さあ一つ持ちましょう」

小さなトランクを持って、リツは先生と並んで歩く。とことことあとに続くイトの上に

三　あゆみ…船と桟橋をつなぐ渡り足場のこと、あゆみ板とも。

甘い香りがそこはかとなく漂ってきた。

「先生の匂いだ」

イトは深呼吸した。感激で胸がいっぱいになった。先生は隣村の狩江の人で、この春師範を卒業してこの村に赴任してきたのだった。イトはワクワクしていた。先生と一緒に生活をするようになってから、家の中が急に明るくなった。第一、三人で囲む食卓の何と楽しいこと。とってもおきのお茶碗やお湯呑が出され、ハイカラな西洋の大皿に煮物が盛り付けられた。先生は「おいしい、おいしい」と喜んでくれる。毎日がこんなに楽しいとは、ついぞ知らなかった。

先生は紫色の袴をはいて学校へ通った。イトは毎朝、玄関前まで出て先生を見送り、また玄関前まで出て先生の帰りを待った。そうしたいという思いが、イトの中から湧いていた。

「先生、おかえりなさい」

「ただいま」

先生の美しい声、イトの手を取ってくれる、しなやかな指の感触。イトは嬉しくて、毎日天にも昇る心地だった。リツがどんなにかわいがって育てても、祖母の肌からは感じることができないものだった。イトの心は、いつもこの美しい先生に向けられていた。体全体にあふれる泉のようなうるおい、甘いお化粧の香り、つやつやした黒髪。特定の職業の人のみがはける紫色の袴は、先生をより一層高貴な人にしていた。春の日の柔らかい光に包まれたように、ほのぼのとした気持ちだった。イトの心に潤いが広がっていった。

昭和六年　リツの船出

昭和六年の暮れのこと、リツはイトの手を引いて八幡浜の桟橋に立っていた。海は凪いでいた。澄み切った海の中で、小魚が泳ぐのがよく見えた。赤く焼けた夕空は海に反射し、沖に向かって鮮やかさを増している。

遠くの方から、

「おーい、おーい」

と呼ぶ声が聞こえた。リツとイトが振り返ると、黒い服を着た大男がこちらへ走ってくるのが見えた。少したじろぎながらもリツはイトの手をぎゅっと握った。近づいてきた男は、巡査だった。

「見かけない人だね、早く家に帰りなさい」

夕暮れの桟橋でぼんやり立っていたので、身投げでもするのではないかと思ったのだろう。リツはいつも以上に丁寧な物腰で、

「高浜から正月の買い物に参りました。帰りの船に乗り遅れてしまったので宿を取ってい

ます」

その巡査は、「ほう」と言いながら帽子をとって、

「高浜とは懐かしい」

と言って話し出した。いろいろと話をしているうちに、

「あんたはリツさんとおっしゃるね？　あの宇都宮のおリツさん？」

と声を上げた。リツは、

「あなたはあの越智さん？」

と言い、二人が同時に思い出した。

まだリツが十五、六歳の時に、高浜村に若い巡査が赴任してきた。その頃のリツの実家は村で一番大きくて、たくさんの部屋があったことから、その巡査を離れ座敷に下宿させることになった。それが越智である。三年経って次の赴任地に転勤する前に、越智は、間に人を立てて、リツのことを「ぜひ嫁にほしい」と言ってくれた。リツは躍るように嬉しくて、この人の所に嫁ぎたいと心の中で願っていた。しかし父も母も反対し、即答で断ってしまった。

「とんでもない、よそ者に大切な娘をやれるものか」

越智は、間もなく卯之町へ転勤していった。卯之町でも三年間、リツを待ってくれていたという。リツはそうとも知らず、越智に思いを残したまま、父親筋の宇都宮本家の次男にあたる伊八のもとに嫁ぐことになった。二人は従妹同士だった。

沖を眺めながら思い出話をしていたが、薄暗くなってきたので、リツは越智に宿まで送ってもらった。そして翌朝はリツが駐在所を訪ね、次の船が出るまで話し込んだ。

越智には、子どもが五人いて、一番下の子が三つの時に母親に死なれ、今その子は六年生になっているが、母親がいないので躾ができておらず困っている。上の二人の娘は嫁いでいて、長男と次男は大阪で働いているという。

つられてリツも、伊八と娘三人で暮らしていた頃のこと、伊八が肺がんのために死んでしまったこと、今はすっかり没落して孫を連れての細々とした生活であることを正直に話した。

連れ合いを亡くした者だけがわかる寂しさや、懐かしい思い出話をする時間は疾く過ぎた。

その後も時々リツは、イトとともに越智の家にでかけていくようになった。片付けや繕い物をしたり、子どもの面倒をみたりした。そして三月も経った頃、越智が、

「後妻に来てくれませんか」

と言いだした。越智は続けて言う。

「もし入籍してくれたら、私にもしものことがあっても、私の恩給の半分はあんたに下りることになる。そうしたらもうあんたの老後の心配はなくなるけん。私はもうすぐ六十歳。引退したら故郷の吉田に帰って静かに暮らそうと思っておるんじゃが、一人ではあまりに味気のうてな。一緒に暮らしてくださらんか」

リツは考えるまでもない。今のままではイトを連れての生活は心細い。人の着物を縫い、機を織っているが、この先は目も薄くなる。近所の人に甘えてばかりでは肩身が狭い。

(先々のことを考えたら、後妻に行くのが一番いい。それに越智さんという人は、忘れようとしていたけれど、私の初恋の人)

「この子が一緒でもいいね？」

「むろんじゃ。大事にする」

(イトも一緒に、と言ってくれている。この先私たちは安心して暮らしていける)

それから四、五日ばかり八幡浜の街を見物してから、イトと二人、高浜へ帰ってきた。やはり故郷はいい。リツの心にほっとした安らぎが戻った。家の前の小高い山は城の森という。木立が茂ってそこここに古い小さな石碑がある。古の興亡が偲ばれる。リツはそっとイトの肩を抱いた。

「ここは昔、宇都宮のご先祖様がお城を築かれた場所なのだよ。わかるか？」

「あい」

イトはうなずいた。そして冷たい小さな両の手を祖母の懐に入れた。

「ばあちゃん、イトはここにおりたい」

と言った。リツは黙っていた。


四月のある朝、イトが目を覚ますとリツは身支度を整えていた。家の中はすっかり片付いている。リツは黙ったまま、イトに一番いい服を着せた。二人は黙って、ごはんに卵をかけて朝食をすませた。いつの間にできたのか、新しい白木の箱に伊八の位牌が収まっている。リツはそれに蓋をして、くるくると白木綿の風呂敷に包み、イトの首にかけた。ちょうど位牌が胸のあたりにある。イトはそれを手で押さえた。

「イト、お祖父ちゃんと一緒だよ」

「あい」

「イト、大川のばあちゃんの所へ行って、今から吉田へ行くと言って、さようならと言ってきなさい」

「あい」

大川の門の前には、すでにばあちゃんが立っていた。何かとリツの面倒を見てくれたご近所さんだ。リツはすでにここを出ることを話していた。

「ばあちゃん、今日行くの。じゃ、さようなら」

「とうとう行くか、ばあさんも苦労じゃのう。イトちゃん、辛抱するのだよ。辛抱するのだよ」

ばあちゃんはイトの手の中に、十銭の白金を滑りこませ、ぎゅっと握らせた。

昭和十三年　リツの口癖

越智は士族の生まれで、三十七年間という、人生の大半を警察官として生きてきた、まじめで厳格な人だ。体格がよく、いつも胸を張って歩いている。「水は方円の器に従う」というが、その通りの人であった。厳しいことも言うが、リツとイトにだけはいつも優しかった。リツも越智によく仕えた。

警察官を退職した人の老後に、心配の種は何一つなかった。国から十分な恩給がもらえるのだ。米も味噌も滞りなく入ってきた。近所の人も頭を下げて挨拶をしてくれる。それを不思議ともありがたいとも思わずに、平和で豊かに暮らした。

しかし昭和十三年、元気だった越智が脳卒中で倒れ、そのまま帰らぬ人となってしまった。あっけない最後だった。

家の中はぽかんとした別の世界のようになった。思い合っていた二人の結婚生活はわずか七年であった。肩を落としたリツはすっかりやせてしまった。遺産相続で揉めたこともリツを落ち込ませたが、越智が生前に約束していたように、リツには恩給の半分が下りるようになった。二人が暮らすには十分な金額だった。

「男が一日汗水たらして働いても八十銭しか稼げない。なのに、ばあちゃんはこうして一円もらう。ありがたいことぞ」

リツはよく小さく口にしていた。

第二部　イト、生きる

昭和十四年　母が帰ってきた

十四歳の春、イトは尋常高等小学校[四]を卒業した。卒業式の翌日、リツ宛てに、リツの娘であり、イトの母親である雪子から手紙が届いた。リツは声を上げてイトを呼んだ。

「お母さんが帰ってくるぞ」

イトは声に出さずに、

（お母さんが帰る……）

と心の中で思った。

五月、本当に雪子が帰ってきた。背中に赤ん坊をおぶっている。越智の死後、気持ちがすっかり弱っていたリツは、京城にいる雪子に手紙を書いて呼び寄せたのだ。リツはぽろぽろと涙を流して娘を迎えた。リツはきちんとした身なりの雪子を見て安堵した。

四　尋常高等小学校…小学校令（明治四十年改正）による。修業年限は尋常小学校六年と高等小学校二年の計八年。この二年後、昭和十六年の国民学校令施行により、尋常高等小学校という名称は消滅した。

「お前のお母さんだよ」

リツは涙を拭きながら、イトの背に両手を当て、雪子の方に押し出した。

「大きくなったね」

雪子は、イトの頬を両手で包むようにして顔を寄せ、小さな声で言った。生まれて初めて母の声を聞く。

（祖母が語ってくれた母は、やつれて、うらぶれて、かわいそうで、みじめな人だった。でも今、目の前にいる私の母は、ふくよかで、きれいな着物を着て、つやつやとした黒髪を櫛で整えて、美しい姿をしている。八か月になる乳呑児を抱えている姿は菩薩のようだ。私のもとに帰ってきてくれた。やっと会えた）

イトは嬉しいような、拗ねたいような思いがした。「お母さん」とは呼べなかった。

「お前の子か？」

リツは抱かれている赤子の顔をじっと見つめた。雪子はうなずいた。リツはそれ以上何も聞かなかった。

「のう、イト。子どもは神様が授けてくださるものだよ。骨折りでも育てていこうではないか」

リツの同意を求める気持ちに何の異存があろう。イトはうなずいた。雪子から赤ん坊を

抱きとって、

「名前は？」

と聞いた。それが子から母への最初の言葉であった。

「智世というんだよ」

雪子は急に目を輝かせ、嬉しそうな声で言った。

「ともよ、ともよ」

イトは小さく呼んでみた。色は黒いけれど鼻筋が通ったきれいな子であった。智世の体から放たれる甘い乳の匂いがイトの体の中にやさしく溶け込んだ。

智世は人見知りせず声をたててコロコロと笑った。柔らかな頬、小さな手、どれ一つとって見ても可愛さがあふれていた。

（私に妹ができた。血を分けた妹ができた。神様、ありがとう）

何とも言えない大きな感動が全身にみなぎった。

その夜のイトは興奮していた。今日の出来事を夢ではないかと思いながら、一つ一つを丁寧に思い出していた。母の姿、妹の寝顔、これからの家族での生活、明るい未来しか思いつかなかった。

雪子と智世

昭和十四年〜十八年　リツの病気

イトと母の雪子と妹の智世、祖母のリツとの四人での生活が始まった。家計は苦しくなった。その年の暮れも押し迫った頃、あれほど元気だったリツが倒れた。リツは五十九歳、脳溢血と診断された。三日目にようやく意識をとり戻したリツは、左半身が不随となっていた。

（たとえ半身不随でも自分に生命ある限り、亡き越智の恩給で何とか暮らしていける。しかし自分にもしものことがあったら……）

「いいか、イトよ。食うに困らないためには、お前が手に職を付けるしかないぞ」

リツは動かない左手を撫でながら、イトに言い聞かせた。


明けて四月、イトはこの町の洋裁店へ、見習いとして三年間、弟子入りすることになった。十五歳だった。病み上がりの祖母や病気がちな母のたっての希望で、イトは家から通うことになった。ただし食事は店ですませることにした。

その洋裁店は、紳士服でも婦人服でも、どんな注文にも応じる店であった。腕が確かだということで、よく繁盛していた。おかみさんはよくかわいがってくれたし、旦那様は洋裁の技術を一つ一つ教えてくれた。

イトはその店のお客として来た、毛利千吉という若者と出会った。千吉は足しげく洋裁店に来るようになり、やがてイトが夜なべをすませて遅い時間に帰っていることを知るや、帰る時間になると店の裏で待つようになった。「用心棒じゃ」と笑って、イトを家の前まで送った。イトも帰り道が楽しみになってきた。

千吉はイトを「イトちゃん」と呼んだ。イトは千吉のことを「毛利の兄さん」と呼んだ。笑いあり、涙あり、どれほどたくさんの話をしただろう。そんな月日が二年続いた。

昭和十七年一月十日、千吉のもとに赤紙、「召集令状」が届いた。

「松山第二十二聯隊に入営すべし」

とある。急遽《きゅうきょ》、毛利の家に大勢集まって送別会をした。千吉は、

「男子の本懐これに過ぐるものなし。軍務に精励し皇国のために尽くし、この御恩の万分の一にも報います」

という言葉を残して入隊した。

千吉が入隊して二か月が過ぎた頃に葉書が届いた。二銭の郵便はがき、差出は「福山西部六十三部隊教習所　毛利千吉」とある。消印とともに、「先づ國債で御奉公」の標語印が付されているのは、支那事変の国債販売を奨励するためのものである。「検閲済」のスタンプと検閲者の捺印もある。くるりとひっくり返して裏面を見ると、黒い万年筆の細かい文字で一面びっしりと埋め尽くされている。そこには、イトの日常や雪子の体調を尋ねる言葉で紙面の半分が割かれ、「小生大元気で毎日軍務に励んでいます。他事ながらご安心ください」とあり、また吉田の家の様子やリツの健康を気遣う言葉が添えられていた。

「先づ國債で御奉公」との標語印

イトは葉書を胸にあて、千吉の優しい声を思い出し、無事を祈った。

　店で毎日顔を合わせていた頃のようにはいかないが、イトは言葉を尽くして、家族の無事と千吉の武運長久を祈る言葉をしたためた。

　千吉からの次の葉書はスマトラから届いた。3と2分の1セントの軍事郵便は

戦地から届いた軍事郵便の束

がき、「KARTOEPOS」と印字された、「南方占領地」からの便りである。住所は記されず、「スマトラ派遣富一二五〇八部隊（ホ）毛利千吉」とある。消印もないので日付も場所もわからない。（そうか、軍隊がいつどこにいるかが知らされるはずもない……）とイトは悟った。このはがきの文字だけが千吉の存在証明なのだと感じ入る。裏面には万年筆でさらさらと椰子の木の挿絵が描かれている。「賞月の候と相成りました。お変わりありませんか」から始まり、やはりイトの様子や雪子、リツの健康を祈る言葉が連なっている。そして「椰子の木に虫の音高き秋の月」という俳句と、「小生相変わらず大元気でご奉公いたしております。他事ながらご安心ください」とあり、最後に「お元気でねえ」と親しみを込めた言葉でしめくくられている。

イトはすぐに返事を書いた。検閲にかからないように慎重に言葉を選びながら、その後も何通も出した。千吉からのはがきはいつも他愛のない内容だった。「うちの蜜柑も大きくなってきたことでしょう。当地にもあるけれど味がずっと悪いのです。お元気でねえ」とか「暑さに負けないでお元気でねえ。お便り待っています」といったものだった。千吉自身のことは、「小生大元気でご奉公いたしております。他事ながらご安心ください」としか書かれない。これ以上のことは書けないのだろうか、決まり文句なのだろうか……。千吉の様子をもっと知りたいと思うイトであった。

昭和十八年、イトの年季が明けた。イトは念願だった洋裁師になれた。洋裁店の旦那様もおかみさんもイトの器用さと我慢強さをほめた。

「イトちゃんは子《ね》年生まれじゃ。子年の守護本尊は千手観音様じゃ。手先が器用なはずよ」

イトは千手観音様と旦那様方のおかげで技を身に着けて、晴れて家に帰ってきた。リツと雪子、そして智世の顔を、順番にゆっくりと見渡した。大人たちの嬉しそうな顔を見やりながら、（私は、祖母や母の期待に十分応えることができる大人になった）と、自分がとにかく誇らしかった。

昭和十九年～二十年　戦争の中で

戦争は生活のすべてを壊していく。

「勝つために」「勝つまでは」と唱えて耐えるばかりの日々が続く。わずかな山畑を売った。鉄の鍋も釜もなくなった。宇都宮家に代々伝わる短刀も、鞘ごと持っていかれた。リツは形見の指輪まで手離した。兵器の製造に必要な金属資源の不足を補う目的で作られた「金属類回収令」（昭和十六年九月一日施行）は、国中のあらゆる金属を根こそぎ回収していった。それが生活必需品であろうと、先祖代々の家宝であろうとお構いもなしに、いとも簡単につぶされて、目方で量られ、そして一枚の紙切れが手渡されるだけである。国土の滅亡の予感は、こうして家の隅々にまで押し寄せてきた。がらんと何もないこの家屋敷が残るばかり。

この頃、千吉は、限られた軍事郵便はがきを、イト宛にだけでなく、雪子宛にもリツ宛にも惜しみなく使っていた。「内地の台風の被害をニュースで聞いて案じています」とか、

「小生の両親はイトちゃんのことをよく知っています。何かあったら小生の父母を頼っておいでください」などと書かれていた。千吉からのはがきを受け取るたびに、雪子もリツもありがたそうに額の上に掲げ、すぐに返事を書いていた。イトはその様子を見ながら、千吉と自分を大いに誇りに思った。イトは、自分宛のはがきだけに記される「お元気でねえ」の結びが好きだった。

戦況が激しくなると千吉からのはがきは途絶えがちになった。「お元気でねえ」の一言が書かれなくなり、「貴女の御健康を祈ります。さようなら」が結び文となった。そして、「お元気で銃後産業戦士としてお励みのゆえ安心致しました」とか「銃後の食糧増産にお忙しいこととお察しいたします」とか「しっかり銃後をお守り下さい」という言葉がごく短く書かれるだけになった。千吉の無事を祈るしかないイトは、千吉からのはがきを日々心待ちにしていた。

昭和二十年七月末の暑い日のこと、雪子が急に四〇度という高熱とひどい咳に襲われた。医者に行ってレントゲン写真を撮ってもらったところ、「肺結核」と診断された。それもかなり前から病魔は雪子に取り付いていたらしい。リツは、

「雪子、これは肋膜だよ。心配することはない、すぐ治る」

と言って聞かせた。結核がどれほど恐ろしい不治の病であるか、リツも雪子も十分に知っている。雪子を気落ちさせないようにした言葉かけだった。「肋膜だから治る……」と、雪子は、リツの言葉を信じようとしていた。

離れの部屋を片付けて、そこを雪子の病室にした。


戦争が終わった。

生活は続く。

「竹の子生活」という言葉が流行した。文字通り、一枚ずつ皮を剥いでいくような貧しい生活のことを言う。雪子の着物もイトの晴れ着もわずかな米へと変わっていった。

結婚が近い娘を持つ農家の主は、わざわざ米を持って訪ねてきて、イトの赤い晴れ着をねだった。

「あんたも年頃じゃけん、綺麗な着物も持っとりたかろうけんど、鼻の下のあかぎれには勝てんわなあ。また頼みますぜ」

と言い残して、イトの赤い晴れ着を持ち去った。隣の奥さんは、

「芋の粉をくれたんですが、砂があってガジャガジャして食べられんのよ。煎餅にでもして焼いたら食べられましょうかね」

とこぼしていた。

三軒向こうの赤松の後入さんの家は、百姓なので景気がいい。ある日、「コートを買った」と言って着てみせた。驚いたことに、それは雪子が一週間前に手離した防寒コートであった。千二百円で買ったという。雪子の手元には八百円しか入っていなかったけれど。長い間の女所帯、雪子の医療費とリツのマッサージ費がかさみ、売るものすらも徐々に底をつく。

イトはこの頃、夜も昼もなくミシンを踏んでいた。


ワイシャツを仕立てて金を握りしが卵三個にかえて帰れり

一日かかったワイシャツの仕立賃がわずか卵三個にしかならなかった。

「戦争はすんでも地獄は続くなあ」

昭和二十年十二月　祝言（一）

柔らかな日の光が真っ先に犬尾城にかかり、やがて山裾の向山に音もなく降り注いだ。風は川面をそよ吹きながら渡ってくる。美しく清らかな朝であった。故郷は慈愛に満ちたふところである。東に遠見山、北に法華津峠の連峰、目に入るもののすべてが美しい。

イトは厳粛に日の出を拝んだ。

「お天気でよかったのう。雨でも降れば五里の道のりを歩いてくるのが大変だからな。これも神様のお与えだよ」

穏やかなリツの声に、イトは黙ってうなずいた。その顔からは昨日までの重苦しい影は消えて、自分の取るべき道をわきまえた静かな決心がみてとれた。リツは人いに安心したようだ。

イトは姿見の自分を見やった。姿見は、一生一度の花嫁姿を映していた。

（これがあの人へ捧げる姿なれば。いや思ってはいけない。もう私には帰らない人なのだ。人生そのものの深さは、苦しんでこそ真の価値があるのだ。私はあえてこの道を生きよう）

「初恋の痛みは淡雪のように解けるものぞ」

と、リツはイトの心を覗いたかのように、小さな声で言う。そして気を盛り立てるように大きな声になった。

「イト、お前はいい嫁さんじゃ。日本一じゃあ。おまのその姿を見るまではババは死なれんと思っていたが、もういつ死んでもええ。けど、やっぱりひ孫の顔を見てからにしようかの。生きる欲が湧いてくる日じゃ」

「きれいかね」

「ああ、きれい、とてもとても。じいちゃんが生きていたら、どんなに喜ぶことやろう。じいちゃんはイトが可愛ゆうて可愛ゆうて、いつもふところに入れていたからのお」

イトはおぼろに祖父の顔を思い浮かべた。幼い頃からの日々がよみがえる。

イトは姿見の前から長い時間立ち上がれなかった。二十一年を恙なく送ったこの身を手離したくなかった。

よく晴れ渡った寒い日であった。

與八郎は将校の服を着て、戦闘帽をかぶり、軍靴をはいて現れた。戦争の延長を思わせて不愉快になったが、服がないのだから仕方ない。

夫となるこの男が、イトのもとへ姿を現したのは、つい十日前のことであった。

一人の復員兵がわが家を訪ねてきて、オーバーの仕立てを頼んだ。持ってきた布地は軍隊が解散する時に復員兵に払い下げられた毛布であった。戦後着るものもなく復員した人はよくカーキ色の毛布を持ってきてオーバーを頼みに来ていた。この人もその一人であった。

「お名前は？」

と聞くと、

「自分は高浜村の谷田與八郎であります」

と、力強く答えた。いかにも軍人らしい言葉遣いで、新鮮さがあった。

（ばあちゃんの生家も高浜だったな……）

そう思って、遠路はるばる訪ねてきてくれたこの人に、イトは何となくは親しみを覚えた。リツも高浜と聞いて懐かしく、與八郎の顔を見上げた。リツは「谷田與八郎」という名に記憶があった。ふと、この人は遠縁にあたる人ではないかと思い当たった。

「上がってくださいな。お茶でも入れましょう。仕立てのことで何かご注文はありませんか？」

與八郎というこの人は、自分の名前以外は何も言わずにただニコニコとしている穏やかな人であった。

翌日、與八郎の父が訪ねてきた。リツはこの人を座敷に通した。

與八郎の父の名は松太郎という。話を聞くと、松太郎の亡き妻とリツとはやはり従姉妹であった。二人は一通りの挨拶をすませてから、リツが言った。

「それにしてもこのたびは遠い所をオーバーの注文をしに来てもろうて、本当にありがとうございました」

リツは、今もなお忘れずに訪ねてきてくれる昔の親類が懐かしく、嬉しかった。

「いやいや、こちらこそ。あんたがたも仕事がつかえとろうと思うたけんど、何せ田舎では洋服を縫う人がおらんけん。それで昨日息子に持ってこらせましたのじゃ。今日はまたわしからも頼んどこう思うての、朝早よう家を出てここまで歩いてきよりましたんじゃ。この頃は船もあてにはなりませんでのう」

高浜からこの吉田まで津々浦々をうねりくねって五里の道のりを歩いてきたのか。イトは驚きつつ、客のために炭を継ぎたし、茶を入れ直してもてなした。その場を立とうとすると、松太郎が言った。

「まあ、イトさんもここにおはって、わしの話を聞いてくださらんかのう」

松太郎の眼がじっと自分に注がれているのに気づいて、イトは松太郎の顔を見ながら黙ってそこに座りなおした。松太郎は二人の顔をかわるがわる見ながら、

「これは雪子さんにも聞いてもらいたい話ですがじゃ、おばあさんが一番じゃし」

と、よそ行きのぎこちない言葉で話していたが、やがて一膝乗り出して、言った。

「與八郎というのだよ、昨日の息子は。あんたも知っておろうが、わしの親父の名前をとったのだよ」

リツは心得ているというふうにうなずいた。

「ソ満国境の呼倫《こりん》という所まで出征しておったのだが、内地が危のうなった時に、與八郎の聯隊に高知へ向かう命令が下ったのじゃ。同じ四国の内だ、わしは與八郎を案じてあの空襲の最中に御免《ごめん》村まで面会に行ったのだよ。国を出てから二年半、階級は上等兵やった。立派になっとった。入隊する時は本当に心配したが、やっぱし男は軍隊の飯を食わせんと一人前にはなれんとつくづくそう思うたもんだ。

それよりも何よりも與八郎はな、

『お父さん、己のことは少しも心配せんでええけん、自分の体をいといなさいよ』

と言うてくれてな、わしはもう嬉しうて嬉しうてたまらんかった。三人の息子の中であの子が一番の親孝行で優しい子じゃあ。また、運の強い奴じゃあ。なあ、満洲が本当に危

険になる前に、與八郎の部隊に帰国命令が出て、一足先に帰ってこれたんじゃ。四国に着いて間もなく終戦になった。終戦のあとだったら生きて帰れなんだ。さほど運の強い男じゃな。それから兵器の後始末やら、進駐軍に武器や爆薬を引き渡すやら、手伝わされておったけん、部隊の人よりも大分遅れて解散になった。

うちに帰ってからは、どこで手に入れよるんか、塩ともち米を交換したりして、食べ物を調達しよる。才があるんじゃ。しかも一時《いっとき》もじっとしてはおらん。とにかく働き者じゃ。本当にわが子ながら偉いと感心しておる」

松太郎は一気にここまで話すと、ほっと一息づいてリツの顔をじっと見た。田舎の貧しい父親があらん限りの言葉をもって、一生懸命わが子を誇る、その心情は尊いと、心和む思いでリツは聞いていた。イトもまた、昨日の與八郎のニコニコとした笑顔を思い出していた。

「それにのう、九州の三井の会社に勤めて今年で七年になる。最初の三年間は休まず働いて、表彰状を貰うとる」

松太郎は風呂敷を解いて、巻いている賞状を取り出し、リツの前に広げた。それは三年間皆勤の表彰状であった。リツは「ほう」と言って身を乗り出した。

松太郎はすかさず、

「與八郎が九州におる間は、毎月五十円ずつ送ってくれて、わしも家内もまた家中の者があれのおかげで楽に暮らしていけたのだよ。あれの送ってくれた金だから、大事にこうしてちゃんと上書きも捨てずにそのまま残している。その中から貯金もしてやっている」

と言って、書留の封筒の束をリツの前に差し出した。リツは眼鏡をかけその上書きに目を通した。年月を語る封筒、男らしい角張った文字。リツは松太郎の訪問の理由を飲み込んだ。

（先に息子をよこし、翌日挨拶に来て、今のような話をするからには……。イトももう二十一歳になる）

リツは「ふう」と小さく息を吐いた。

（これまでもいろいろと縁談を持ってくる人はあった。しかしいつも「嫁に出しますか？」と聞かれた。娘ざかりに装うこともなく一生懸命働く孫娘がいとおしく、首を縦に振ってはこなかった。しかし……）

リツの瞳が火鉢の中に赤く燃ゆる炭火に注がれた。その火のそばにコテが二本差し込まれている。

イトは急ぐ仕事が気になって、早くこの場を立ちたかったが、途中で立つのも気が咎めていた。そっとリツを見た。それは深く考え込む、きりりとした横顔だった。筋の通った高い鼻、やさしい口元、平静さを崩さない態度の中にもこの家の主としての威厳があった。常に一家の支柱であり祖父亡きあとを切り廻してきた人でもあった。火を見る眼はただ静かだった。もう少しこの場にいた方がいいのかしらん、と思った時、松太郎の声がした。

「どうじゃろうな。親の口から言うのもなんじゃけんど、三男ではあるし、養子にとってくれまいか。そりゃもう、あんたの家から見れば、わしの家など格が違う。気に入る訳もあるまい。だがのう、影日向のうよう働く子じゃ。第一、戸籍が汚れておらん。軍隊も立派に務めて帰っておる。むろんこの家のご事情も知った上で頼んでいるのだ。與八郎がこの家の人間になれば、もうその日から、あれの稼いだ金はみんなこの家のものになる。心配せずにあんたがたが自由に使うてええのじゃ。金ばかりではない。米も麦も絶対に不自由はさせない。どうじゃろうなあ、考えてくださらんか」

釣書と写真を懐から取り出して畳の上に置いた。頼み込む松太郎の声に力がこもっていた。この父親に怪しむところは微塵もなかった。「嫁に出しますか」ではない。「養子にもろうてくれ」と言うのだ。今までのリツの六十五年の人生にこのような話はついぞ聞いたことはなかった。おそらく三千世界、金のわらじを履いて探してもこんな養子話はないだろう。このあまりにもできすぎた話に疑うところはないかとリツの頭は忙しく回っていた。目は松太郎に据えられていた。毛利の千吉さんは帰ってこない……と、リツは出征した若い千吉の姿を思い出していた。千吉さんは帰ってこない……。リツは火箸に目を落とした。

イトもまたこの突然の申込みに驚いていた。

（金もなく財産もなく、あるのは年寄りと病人と子ども、そして落ちぶれた家柄だけ。私が働いても働いても追いつかぬ今の暮らし。それでも自分の祖母なれば、母なれば、妹なればと言い聞かせて、この苦しみに耐える毎日だ。それをあの人はうちの家の事情も知ってわざわざ養子に来るという。米も麦も不自由はさせないとも言っている。本当だろうか。そんな人が今の世にいるのだろうか。もしいるとすればその人は……）

イトは千吉を思い浮かべていた。

松太郎は続けた。

「わしも親類がだんだん遠ざかっていくのが寂しうて。與八郎が養子になってイトさんと結婚すれば、また昔のように付き合いができるし、ヤスとあんたは従姉妹で、若い頃はお互いに行き来したものやったな」

おヤスさんは去年病気で亡くなった松太郎の妻の名である。松太郎は遠い昔をしばし懐かしんで口をつぐんだ。そして松太郎は家の中をぐるりと見渡した。松太郎は、戦時と戦後の物価高騰、十年の女所帯の窮迫を見ているのだ。同時に、古い長押や鴨居に並んだ定紋入りの提燈箱も見ていた。その目は昔の宇都宮の栄華を思わせるものに注がれている。

松太郎はリツを見た。リツは黙って火箸を見ている。松太郎はゴクリとのどを鳴らした。

その時、智世が学校から帰ってきた。「ただいまあ」とくったくのない声が緊張を解いた。それを汐に、イトは立ち上がった。松太郎は後日返事を聞きに来ると言って、帰途についた。


翌日、リツは高浜の親類に手紙を書いた。このたびの縁組についてのいきさつを書面にしたため、與八郎の人柄を問い合わせた。五日経って、その返事が届いた。

「與八郎は子どもの頃からよく働く子で、村中の人は感心していた。大きくなった頃にはもう村を出て九州の方に働きに行っていた。月々多額の金が送られてくるという噂も聞いているが、あまりつき合いもなかったから、子どもの頃のことしか知らない」

すべて松太郎が言った通りである。リツは話を信じることにした。

その手紙を持って、雪子のいる離れの部屋に集まった。重大な家族会議である。鉄瓶の湯がチンチンと音を立てている。窓辺の文机の上に薬瓶と薬袋が置かれ、寒菊が一輪コップに挿してある。二十ワットの電燈の中に雪子の顔は青白くやつれていた。

いたずらな炭火がバチッとはじけた。それを機に一家の柱のリツが口を開いた。與八郎の養子の一件である。

「三年間一日も休まず仕事をするということは、他に悪い遊びをしないこと、そして十年も一か所で仕事をするということは体が丈夫で真面目ということじゃ。しかも毎月親に送金をして苦労をかけまいとする親孝行者である。将来が有望な人物だろう。第一、今の世の中に養子に来てやると言うほどの人はなかなかいるものじゃあない。『米糠三合あれば養子に行くな』と昔から言っている。イトや、お前の心一つだけど、この食糧難では、お前が朝から晩までミシンを踏んでも、一家四人の生活を支えるのは無理だ。ここは一つ、思い切って養子を迎えて、老い先短いババにも安心させてもらいたいのだよ」

口にこそ出さないが、リツはもう「来るところまで来た」という生活の限界をひしひしと噛み締めていた。これは偽らざるリツの願いであった。また一家の長の言葉は、年老いていても「絶対」の響きがあった。

イトは、肩に食い込むこの重荷を、「つらい」と思う余裕も、「いやじゃ」と拒否する余裕もなかった。むしろ、日々の貧しい暮らしがあたかも自分の罪のように胸を突き刺していた。イトはここから解放されたいと思い始めていた。千吉を待っていたい、けれど、自分の恋のために、皆に苦しい思いをさせられない。それに、もし千吉がスマトラから帰ってきても、この悲惨な現実を見て、それでも養子に来てくれるとは限らない。千吉の両親や兄弟はきっと許さないだろう。何より、生きているのだろうか。いつ帰ってくるのだろうか。

イトは後ろを振り向いた。すすけた障子を背にして智世が座っている。リツは、智世の幼い身体を思い、胸の病が進んでいる雪子から遠ざけて座らせている。この子のためにも雪子の病気を治してあげねばならぬ。親のない淋しい子にはさせられない。

「智世、お兄さんができたら嬉しいか?」

イトは父親というものを知らない。育ての親の祖父も四歳の時に亡くしている。家庭の中に男がいるということを知らない。その境遇はこの妹も同じである。智世は痩せてきた。顔色が悪くなってきている。

智世はおとなしく正座している。大人の話を聞いて幼い心で自分なりにこの場の様子を判断しているのだろう。

「祝言の時、ご飯たくさん食べられる?」

「ああ、食べられるよ、たくさん食べられるよ」

不憫だった。愛しさが胸に込み上げてきて、涙となって流れた。

「イトや、初恋の痛みは淡雪のように解けるものぞ。どうか幸福になっておくれ」

リツの声は震えていた。二十年育ててきた孫娘の心がリツにわからぬはずはなかった。

(結婚しよう。神様だってきっと許してくださる)

イトは決心した。わが家のために。生きるために。

「養子の話、進めていいんだね？」

リツの言葉につられるように、イトは黙ってうなずいた。

昭和二十年十二月　祝言（二）

毛利のお兄様、
こうお呼びするのも今宵限りでございます。私が神様から賜ったものは余りにも厳しい試練の道でございました。戦争が終わった時、私が一番に心配したのは、海外の将兵はどうなるかということでした。
毛利様、貴男からのお便りは、一年以上も届いておりません。貴男のお家にも問い合わせましたが、御両親様はお顔を曇らせて、
「千吉の行ったスマトラではひどい戦闘はなかったようだが、マラリアが流行したそうな。あれは身体が弱い子だった。生きてさえいてくれたらと、ただそれだけを願って陰膳をしとりま

す。何か役場から通知がありましたら一番にあんたのところへ知らせに行きます」

と申されました。

お父様もお母様も貴男を待ち続けておられます。私も貴男を思う苦しさに、胸が張り裂けるように痛みます。人を愛するということのつらさをしみじみと感じております。


—


思えば長い年月、いつも私を見守って、大事にしてくださった貴男でした。スイカの出回る頃になると貴男は毎日のようにスイカを持ってきて、家内中でおいしく食べました。ミカンの熟れる頃にはミカンをいただき、レモンの香りが好きといえば風呂敷いっぱいレモンを持ってきてくれました。「宇和島からの帰りだ」といって名物の蜜饅頭を買ってきてくれたこともありました。「『お前はお百度参りでもしているようじゃ。願でもかけているのか？』とおっかさんにからかわれた」と貴男は照れながらおっしゃいました。

仲秋の名月に、私はススキを活けて、母はお団子をこさえて、あの遠見山の少し右に寄った所から出てくる月を一緒に眺めましたね。満々と満ちた国安川に、さざ波が立ち、そこに揺れる月の光の美しさに打たれました。私の点てるお手前に松風の音を聞き、一服の茶を楽しみました。

思い出します。あの頃の私は、優しいお兄様とお話しする毎日がただただ嬉しくて幸福でした。

貴男は入隊なさる十日前、祖母と母の前でおっしゃった。

「僕がこの家に通ってくるようになって早三年になります。雨の日も風の日も本当に僕は一日も休まず一生懸命に通いました。たとえどんな所に勤めていても三年間も皆勤すれば表彰されます」

それは貴男の切羽詰まった言葉でした。私たちは次の言葉を待ちました。沈黙がありました。貴男はそれ以上のことはおっしゃらなかった。祖母も母も、貴男を家に迎える日を夢見ていました。でも何も言いませんでした。

「イトちゃん、幸福になってくれよ」

そして貴方は松山二十二聯隊に入隊なさいました。

数え十九の春でした。お店に来るお客様も、この頃では背広の仕立てを頼む人はほとんどありません。それぞれの人がセルの着物や手織りの布地を持ってきて、国民服を注文していくようになりました。時代の流れですね。

貴男が去ってから私の胸に大きな穴がぽっかり開きました。私には毛利様がどんなに大切な人であるかが、やっとわかったのでございます。お待ちしよう、いつまでも。私は誓いました。

毎朝の裸足参りに、貴男の武運長久を祈りました。この頃は戦況も日に日に悪くなり、B29の編隊が空を覆い、この四国の果てまでも焼いていくようになりました。たとえ一億玉砕になろうとも私は、貴男の心の妻として国難に殉ずることができる。それが女として、皇国の民としての道なのだと思っていました。

それなのに、それほどまでに慕った貴男を異国の地に残したままで、私は明日、夫となる人を家に迎えるのです。唯一度見ただけの人。愛もなく、夢もなく、その人を知らず。あれほどまでに貴男にささげた真心は何だったのか。神かけて誓った情熱は。

毛利様、かくまでに愛した人を捨て去ることの矛盾を、気まぐれな乙女心と思わないでください。一生懸命に考えて、この道を選びました。イトは養子娘です。女四人を今この苦難の中から救ってくれる人がいるのです。女一人の腕では家を支えてはいけないのです。

毛利様はなぜ帰らないのですか。外地からの復員者は次々に帰国しています。わかっているのは「生死不明」という悲しい知らせだけ。

私は、一杯のご飯に涙を流して喜ぶ祖母の顔が見たい。長い闘病の母を医者に診せ、栄養のあるものをあげたい。幼い妹におなかいっぱい食べさせたい。今はその気持ちでいっぱいなのです。考えてみれば、敗戦からこの方、「皇国の使命」も「悠久の大義」も、腹の足しにはならない遠いものとなってしまいました。貴男と別れてわずか三年で、百年の苦しみを味わいました。大きな歴史の変化を見ました。どうかこの結婚を決意するまでの私の心をお察し下さい。町に復員軍人の姿を見かけるようになりました。せめて貴男のご無事なご帰還を神にお祈りいたします。

許してください、毛利様。私はすべてを断ち切って、明日結婚します。最後の清き日に、懐かしかった日の思い出を偲びます。

スマトラの地にしあらねど今日もまた
　　　こころにえがく南十字星

昭和二十年十二月十一日

清き日に
イト

毛利様

手紙を書き終え、封筒に入れた。イトは、彼が最後に手渡してくれた便箋の走り書きを取り出した。

僕は戦争に行く
男の道を生きる
あなたは明るい道を歩んでください

それをそっとたたみ、手紙と一緒にした。机の一番下の引き出しの中には、戦地から届いたはがきが細い麻ひもで束ねられて、奥深くに納められている。そのはがきの束の上にそっと手紙を置いた。イトは引き出しに鍵をかけることも忘れなかった。

手紙の中に吐き出すべきことを吐き出しきったあとは、すっかり落ち着いた。イトは理性を取り戻した。運命の波間に身を任す浮舟のように、逆らうこともなく静かな気持ちであった。

復員軍人は、カーキ色の敗戦服を着て、足音荒く平然とヤミ米を担ぎ、メチルを運ぶ。横暴さが渦巻く。「大君のため」、「国家のため」と命を賭した軍人が、勝利という目標を失って、焼土と化した内地の土を踏み、砂の混じったふるせ芋[五]の粥を口に含めば、なお心はすさぶ。世の中は強い者が勝ち、矛盾と飢えが行く手に立ちふさがって、女が通れる道などない。

また潮が満ちてくる。静かに大きく水かさが次第に増している。犬尾山のふもとを流れる国安川。立ち込める煙霧の中に潮の香りと縁深き山懐に抱かれて立ち並ぶ民家も、その古風なかやぶき屋根のたたずまいもここ向山の風土の中によく似合う。おのずから一幅の絵画の世界のようであった。二十一年を育んでくれたイトの故郷である。

與八郎の父、松太郎が、養子縁談の話を持ってきてから家の様子が変わった。その理由はイトにもよくわかった。松太郎の言葉が真実であれば、この結婚は現実世界を生き抜く唯一の道、神のお導きである。それに引き換え、スマトラの彼を待ち続けることは、夢見乙女の儚い夢である。現実は厳しく、夢は砕けていった。

五　ふるせ芋…苗をとった後の繊維ばかりのやせたさつま芋のこと。

昭和二十年十二月　祝言（三）

婿を迎える身として、イトがまず盃を受ける。

「高砂や、この浦舟に、帆を上げて」

他人ごとのように、盃を飲み干し、與八郎に廻す。この家の事情を十分に知った人たちだけが集まっている。ささやかな宴であった。やっと手に入れた三升の酒に、人々はほどよく酔っている。智世はお寿司を八杯も食べて、「もう動けない」と言って足を投げ出している。


ひときりついて、イトと與八郎は離れの部屋に下る。そこはすでに二人の新しい部屋であった。濃い水色の布団の中央には大きな左三巴の家紋が白く染め抜かれ、左の角には「宇都宮」の名が白く染め抜かれている。大切な時だけに用いる布団である。二人の寝間着も衣装籠にきちんと入っている。十燭の電燈が室内を鈍く照らすのも今日ははばかられる。昨晩はこの机の上のスタンドがいつまでも消えなかったものを。

祝言の日　左から與八郎、イト

イトは、机の前につくねんと座っている夫の顔を初めて眺めた。額に太い筋がまっすぐに盛り上がっている。愛情に満ちた柔和な人間の相ではなかった。イトの入る隙は少しもないらしい。どこか普通人と違った正体不明な感じである。長い間の戦争での生活が人間の正常さを欠いたものにするのかもしれない。

（私は今宵この人の妻となりぬ。運命の歯車よ、よき方に回れ）

だがその夜、イトは自分が乙女であったことを心から悔いた。あれほど守ってきた純潔さは、この夫の前ではただ一つの肉体にすぎなかった。あれほどあこがれていた二人を結ぶ神聖な愛の絆とは、このような醜いことであったのか。守るにはあまりにもばかげたことであった。すべて虚しさしか残らなかった。そして憎しみと後悔がイトの心に深く根差していった。この夫でなかったら、かくまでに思い出しはしなかったであろう。そは故なきに非ず。罪の意識を感じつつ、妻となった者へのあまりにも厳しい刑罰ではないか。

その晩、生理にはまだ遠いはずなのに、少量の出血を見た。

翌朝、夫はあたかもここが長年住み慣れたわが家のごとく一人で買い出しに出かけていった。十日前に初めてオーバーの仕立てを注文に来た彼、昨晩の夫、一晩明けて今朝の與八郎、すべて違う人のようだ。この人の心が捉えられない。太っ腹な人なのだろうか、それとも感情の薄い人間なのだろうか。

その夕方、與八郎は米二升と大豆三升を持ってきた。

「ばあちゃんがお豆腐食べたいというから大豆をもろうてきた。これで豆腐を作ってもらいなさい。智世ちゃんには芋飴をもらってきてやったけん、ほら」

與八郎は、ひと塊の芋飴を取り出して、智世が開いた両手にのせてやった。

甘いものなどここ何年も口にしたことはない。裏山になる柿の皮を剥いで乾かしたものを臼で挽き、甘さの角を曲がったような気になったり、南瓜の中のワタを干して甘さだと思ったりしてきた。それが今は、本当の大きな芋飴の塊を両手にのせてもらっている。智世は嬉しそうにそれをしゃぶった。その姿を見た時には嬉しくて涙がこぼれた。

「ババにも一口見せいや」

「ちっとぜ。ちっとぜ」

と言いながら智世は、包丁の裏で飴をたたいて割るイトの手元を真剣に見つめている。

リツもひとかけらを口に入れてもぐもぐしながら、

「久しぶりじゃあ、久しぶりじゃあ」

と喜ぶ。兄ができたことを智世が一番喜んだ。

「兄ちゃん、兄ちゃん」

と何かと用事を見つけて、夫婦の部屋へ入ってきた。

與八郎は毎日のごとく買い出しに出ていった。そして米やみそを手に入れてきた。智世にはポケットから堅くなった餅を出して手渡した。

「わあ、粘りのあるお餅だ」

と智世は声をあげて喜んだ。この餅は焼いて引っ張ると伸びる。これまで餅といっていたものは、メリケン粉や芋の粉をこねて作った「餅」である。粘りなどない。もち米の配給もなかったから、本当の餅を食べることなどできなかったのだ。

家は、與八郎を迎えてから急に潤った。一人の男というものの存在がこうまでも生活を変えるのか。

昭和二十年　與八郎の能力（一）

犬尾城のふもとの裏山は、長年手入れも行き届かず、雑木が生い茂ってかぶさっている。與八郎は、買い出しに行かない日には、裏山の雑木を切り倒し、割木を作って積んだ。枇杷、柿、栗、梨、無花果……四季折々の果物が、刈り取られた雑木の間から息を吹き返した。

リツの夫、伊八が元気な時、裏山は美しかった。南天、すずがき、さつき、天然の庭であり果樹園でもあった。うぐいすがホーホケキョと鳴き、山鳩が騒ぐ。夕方は犬尾城の上が真っ黒になるほど鳥が空を覆う。夜中はフクロウが鳴く。伊八の死後も、リツは人を雇って、いつも裏山をきれいに手入れして眺めていた。それがいつしか雑木が生い茂るのにも心趣くこともなくなっていた。果物だけは忘れずに収穫していたが、消毒もせず年々できも悪くなっていた。ゆとりがない生活の中で段々と雑木林に変わり野ウサギやイタチが好き勝手に駆けまわるのも見慣れていった。

（何はともあれ、一家の幸福が一番の願いである。夫としてはどうであろうと、與八郎のことを小さい智世があれほど慕っているではないか。男がいない家庭がいかにみじめであったか。この天真爛漫な妹が一番よく知っている）

とイトは思った。

ある日、リツの実兄、「高浜の大伯父」と呼ばれる人が吉田にやってきた。宇和島の病院が空襲で焼けてしまったので、戦火を免れた吉田の病院にまで診察に来たのであった。病院の帰り道、大伯父はタクシーでイトの家に来た。座敷で胡坐をかきながら、大伯父は、

「見舞いには、小さい鯛でもよいが、赤い魚がほしい」

と言った。それを聞いた與八郎は、すぐさま自転車を飛ばして買いに行った。小一時間もたたぬうちに、一匹百二十円もする大きな鯛を手に入れ、大叔父に見舞いとして手渡した。

大叔父が高浜へ帰って数日後、大伯父から礼状が届いた。そこには、

「親戚一同で吟味した」

と書かれている。リツは胸を撫でおろした。「分家はよい養子をもらった、この養子を認める」という意味であった。與八郎の面目は一新された。

與八郎が来てから、母屋は明るくなり、炊事場も隅々まで日が差し込んできた。崩れた石垣もしっかりと築き直された。誰の目からもこの家は安定した。與八郎がこの家に来て

わずか二週間しか経っていない。

　息子を戦争で亡くした家やまだ異国に残ったわが子を待つ家の者の心は鋭く尖っていて、少しでも恵まれた家の幸福を刺さずにいられない。

「男一匹、どこから拾ってきたのか？」

「隣の者にさえ物を言わない」

「まともな男ならば、誰が養子になど来てくれるものか」

　大きな声で玄関先で話す近所の人の声をイトは聞かぬようにした。一方で、近所の人の陰口は当たっていると、イトも思っていた。


　暮れに近い頃、與八郎は取引があると言って四、五日、帰ってこなかった。多分ヤミの食料の世話をしているのだろう。イトはもう一日中ミシンを踏む必要はなくなった。急ぐ仕事だけ片付けて休んでいると與八郎が帰ってきた。

　その夜、イトは夜中にふと怖い夢を見て、ハッとして目を覚ました。嫌な悪い影が取り巻いている。イトは與八郎を揺り起こした。

「どうかしたのか？」

「怖い夢を見たの」

「ゆめ？　ゆめってば何だ？」

「夢よ。恐ろしい夢。お墓の中へ吸い込まれていく夢だったの」

與八郎はぽかんとした顔をしてイトを見ていた。

「ゆめってなにか？　ゆめのような話と言うが、いったいこの世でそんなものがあるのか？　何かのお告げか？」

初めはからかっているものとばかり思っていたが、真剣な與八郎の顔を見て、次第にどんよりと言葉に尽くせない暗澹たる気持ちになった。この男は「夢」が理解できないのだ、「夢」さえ知らぬ「健康な」頭脳なのだ。イトはもう何も話すことができなくなった。それよりも、自分の気持ちを置いて早速大きないびきをかいて再び眠ってしまった與八郎を見て、イトの心は氷のように冷たくなってきた。イトは與八郎の寝顔を見下ろした。

それから二、三日して與八郎は、山のような札束をイトの前に置いて、

「百円、二百円、三百円」

と、さも自慢そうに畳の上に広げて並べていった。

「二千五百円もうかったぞ。だが俺はこれだけじゃあ我慢ができん。まあ二千円ばかり取らんと」

イトは黙って、金を数えている與八郎の顔を、他人《ひと》ごとのように眺めていた。

その翌日、常になく荒々しく帰ってきた與八郎は、イトに向かって言った。

「おい、昨日俺が読んだのは百円札か、二百円札か？」

「二百円札でした」

「間違いないな？」

「誰が間違えるものですか。二百円札は二百円札です」

「そしたらなぜ俺が金を勘定している時に、それは二百円札だと言わないのか？　俺は百円札だとばかり思って、あれだけでは引き受けられんといったら、あれは二百円札だから五千円だと言われたんだ。それでお前に聞くためにわざわざ帰ってきたのだ」

「間違いありません。二百円札でした」

「そうか、そんな時は気を利かせて言うものだ」

「私はね、あなたが二百円札を百円札と二十五回も読み間違えるような、そんなヘマな人とは思いませんでした」

何とも言えないみじめな気持ちになってきた。ああ、この心をわかってくれる人はいないものだろうか。與八郎はポケットから二百円の札束を取り出し、そして財布の中から百円札を取り出して、おもむろに縦横を合わせてみて、

「二百円札の方が一廻り大きい」

と言った。字の違いは一言も言わない。與八郎は、二十五枚の二百円札と百円札を一枚一枚丁寧に合わせて確認をし、ちょうど五千円分の札束をイトの膝の上に置いた。

「まさかの時の金として、銀行に行って貯金しておけ」

と言った。

與八郎は今まで米や麦は持ち帰ってきたが、金は一度もイトに渡してはいない。せめて映画の一つも観に行けとか、智世に何か買ってやれとか言って金をくれたら嬉しいのにと思っていた。

「兄貴の嫁は字が読める人じゃ。俺の家内は、兄貴の嫁より器量は悪いが、字を読むのは負けん」

與八郎はイトをけなしているとは知らずに、大いに自慢し、すこぶる上機嫌であった。

イトは、今自分が座っている畳が、床と一緒に土の底にずぶずぶとめり込んでいくような気持ちになっていた。

(私の人生は、こんな男に捧げるためだったのか。與八郎は字が読めない。よもやと思っていたが今はっきりとそれがわかった。この男は「いろは」の「い」の字も知らない。年寄りならば仕方がないが、二十四歳の若さで字を知らないとは)

イトは、足元から崩れ去るような気持ちと、手の中の五千円の札束とを代わる代わるに照らし合わせた。複雑極まるものがあった。

その夜、與八郎は、寝ているイトを揺り起こした。

「おい、夢というものが今俺の所へも来たぞ。お袋があの『子持岩』の所で俺を待っていた。俺は一生懸命に行こうとするが、足が進まんのだ。『お母さん！』と言ったら目が覚めてしもうた。これが夢だな、夢。夢というものはいいものだなあ。死んだお袋にも会える。仮に他の夢を見たにしても面白いではないか。眠っていただけで映画が観られるようだ。お前が『夢、夢』と言うから、『俺にもいっぺん来ないかなあ』と思っていたところだった」

イトは馬鹿馬鹿しくて、眠ったふりをして横を向いた。涙があとからあとから出て止まらなかった。そしてその夜はついに眠れなかった。

昭和二十一年正月　與八郎の能力（二）

年が明けた二日。與八郎は「仕事に行く」と言って家を出た。敗戦服に小さなトランクを一つ下げていた。そのトランクの中には、雪子の着物を解いて與八郎のために仕立て直した丹前が一枚入っている。着の身着のままで来た與八郎は、着の身着のままで旅立つ人となった。

吉田駅に着いた時、まだ出発まで時間があった。與八郎は、イトが縫ってやったオーバーは着ていなかった。イトは「オーバーは？」と聞くのを止めた。

（受け出してやるには金がいる。あの五千円は與八郎の指示通り定期に入れた。オーバーを受け出してやるほどの恩はない。米麦の恩恵には浴したが、私が受けた打撃はもっと大きいのだ）

「九州のどこへ行くの？　前に勤めていた所？」

「足の向く方だ」

「ふうん。あなたはまだ宇都宮の戸籍にも入っていないわね」

「うん、入籍は急ぐこともないだろう。子どもができたとわかってからでも、十月は腹にはいっている」

「そうね、子のない夫婦って味気ないものだわね」

「そうだ、何のために女を養う？　子を産ませるためだろ？」

「そうね、そしてあなたは働くだけの男ね。夢もなく、愛もなく……」

最後の言葉は消え入るようなつぶやきとなった。

この頃はリツも雪子も與八郎を非難するようになっていた。古めかしい言葉で言えば、「家風に合わぬ」となる。だが今さらそんなことを言うリツや雪子に対して、イトは心から嫌悪感を抱いた。

（私が黙って忍んでいるものを、何を今さら非難するのか。私の心の傷口を大きくするばかりではないか。あの人がこの家のためにどれほど尽くしてくれているか、その恩を感じないのか。たった二十日で人間の価値を決めるなど、何と情けないことよ）

「あのお人は、生まれてこの方二十四年間かけて黒く染まった布地なの。白い生地が徐々に染まったの。わが家の家風に合わすのなれば、なお二十四年の歳月が必要なのよ」

そんなやり取りがあったことも知らない與八郎は電車に乗り込んだ。イトは自分の目が氷のように冷たいことをわかっていた。そんなイトの冷たい目線を、與八郎は何事もないようにニコニコと受け止めていた。そして車中の人となった。結婚後わずか二十日のことである。

イトは、電車を見送りながら、與八郎を愛することができるかどうかを自分に尋ねた。できないだろう。けれど、これから先の二十四年間はその成長を信じるとしようか、と思ってみた。

昭和二十一年　與八郎の能力（三）

與八郎は出ていった、「足の向く方」へ。

そしてその後の三か月間、音信がなかった。誰も與八郎から音沙汰がないことについて口に出す者はいなかった。それは少しでもイトの心を傷つけたくないという思いやりであろう。

寂しくなどありはしない。與八郎のことなど知ったことではない、イトは與八郎が帰ってきたらどんなふうに八つ当たりをしようかと、一心に考えながら、ミシンを踏んだ。雪子はそばでぼつぼつと解き物をしながら、長い療養生活のあとを静かに送っている。

ありがたいことに仕事はいつもいっぱいであった。イトには年季を入れた腕がある。

「千手観音様の加護」のもと生まれつきの器用さがあり、そして石のような責任感がある。こんな辺鄙な所までわざわざ訪ねてきてくれるようなお得意様も日に日に増えていった。そうした中で、雪子も体力が戻ってきて、縫いやすいものは手伝ってくれるようになってきた。

與八郎が出ていって四か月目のこと、五百円の送金があった。差出の住所は、やはり元の勤め先の三井鉱業所とある。

（上書きは誰に頼んだのであろうな）

と意地悪に思いながら、ただ一枚の為替にどんな思いを託したことだろう、という思いが湧いてきた。わずか二十日の夫であったけれど、イトは與八郎を案じているようだ。リツが言う。

「イトや、與八郎はお金を送ってきたね。それはちゃんとお前という妻を愛しいと思っていたからだよ。考えてみれば、與八郎は今でこそ人間らしいが、昔は人づきあいもせず、義務教育さえさせてもらえなかったのだからなあ。

山のなかの石灰屋で石割をさせられて、少し大きくなったら炭鉱に行かされて、それから兵隊にとられたのだよ。

あの人自身、この社会に生きる人として教育を受ける機会がなかったのだよ。イト、お前が言った通り、二十四年の歳月かけてこの色になったのだから、次に行くにはまたそれだけの期間を必要とするの。その時に初めて宇都宮家にふさわしい養子になることだろう。憂い新妻は人の世の常という。くじけちゃあいけないよ」

(何を今さら言っているのか、それは私が言った言葉じゃあないか。今さらお説教は不要だ)

と思いながら、イトは黙ってリツの話を聞いて、いつものように繰り返した。

「心配しなくていいのよ。私はこの家の主、いかなることがあろうともこの家は守ってみせるからね」

五月も六月も、夫からの五百円の送金は続いた。そしてまたある時は吉田郵便局に小包が届いた。配達夫が、包装紙が破れているので配達できないと言いに来た。

「この食糧難ですし、お菓子とのことですから、私も破れた包みを持ってくることは心が咎めます。受け取りに来てくださいよ」

早速行ってみると、なるほど新聞紙でじかに乾パンとキャラメルが包まれている。雨に濡れて、新聞紙が破れて、中身がはみ出している。與八郎の不器用さを思う。中身は見えているのに一つも盗られていないのを見て、やはりこの城下町には物盗りはいない、侍気

風が残っているのだと感心した。イトは配達夫にお礼を述べて、

「せめてもの心づくしです」

と、キャラメルと乾パンを少し手渡した。この食糧難にどうやって食料を手に入れているのか、夫はこういうことについては並はずれた才能をもつ。

（それにしても五百円も送金してきて、與八郎はどうやって生活しているのだろう。知りたい。わずかなことでもいいから與八郎のことが知りたい）

イトはついに手紙を書くことにした。むろん返事は期待しない。一番初めに〇を五つ書いた。

〇〇〇〇〇　おかねは　まいつき　うけとっています
おかしも　うけとりました　どうして　くらしているか
それのみ　あんじております　　　　　イト

なるべく読みやすいように、わずか三行を便箋にしたため、ポストに投函した。五つの「〇」は五百円のことである。この内容が夫にわかるであろうか。人に読んでもらうよう

な人ではない。これによって字というものに関心をもってくれると嬉しいが。

與八郎の父が養子に取ってくれと言いに来た時に、

「一度金を送らん月があったので、すぐ九州へ行って聞いてみたら、『おとうさん、心配しなさんな。今月は洋服と靴を買ったけん、送れなんだのだ』と言ったので安心して帰ったが……」

と、話していた。その時イトは、「手紙でも出して問い合わせたらよいのに、なぜわざわざ旅費を使ってまで九州くんだりまで行くのか」と不思議だった。その時はこんな理由だったとはまったく思っていなかった。字を知らないことほど不便なものはない。「書いてくれ、読んでくれ」とは、與八郎は自分のメンツにかけて誰にも言わないだろう。

イトは考え込まざるを得ない。

（さて、與八郎はそれで暮らしていけるのだろう。でも私はどうか。妻としての気持ちを夫に受け止めてもらうことや愛情に満ちた夫からの便りを受け取ることを望むのはもう無理ということか。歌を詠んだり月を愛でる日はもう来ないのか。一途に送金を続けてくれる夫である。でもこれから先の長い人生を忍ばねばならないこともあるわけだ。

幸福を求めるばかりが人生でもあるまい。知りてこの世の苦難の道をたどる人もいる。ほら、同級生だった三原さん、乙女のままで二十歳も違う人の二号になり、日陰の身でひっそりと暮らしつつ、せめて一夜でも天下晴れた「妻の座」に座ってみたいと淋しさを訴えていた。それから女学校卒業後、看護婦になっていた松田さんは、兄の戦死、五人の義妹、父の使い込みのために、戦時中にとうとう売られた。身代金一万円であったが、親の手元に入ったのは八千円であった。

世の中というものはそれほど幸福ではないのだろう。ならば私もこの道に生きよう、そして長い目で見て、この夫に光を与えよう）

與八郎の字のことに悩みつつも、現実問題として生活が豊かになることはありがたかった。敗戦という非情の風は、今日一日を生きるために芋っきれに命を懸ける人の上につらく吹く。そうした中で、

「お母さん、お鍋が黒くて汚いけん、アルマイトのきれいなのが出ていたら買うかなあ」

「そうだな、鍋も欲しいけれど御飯蒸も欲しいのだよ」

「じゃあ、両方買うかな」

と事もなげに語り、イトと雪子は二人でいそいそと買い物に行く。帰りには智世に飴を一つ買う。鍋と御飯蒸を抱える道すがら、二人の足どりは軽く、土手を渡る川風は、二人の上に優しく吹く。

「母さん、見て。もうエビがついているよ。明日、朝から智世とエビを取ろうな」

「本当なあ、今年の夏もエビ料理でおかず代が助かるな」

すすけた炊事場に、真っ黒になった鉄の釜や鍋にまじって、文化的で華やかな光を放つ二つの炊事道具が追加された。文化の革命の第一番にいるようで心躍るのも夫のおかげなのだ。


この頃、ゴムまりがアメリカから渡ってきた。智世はしきりに欲しがる。

「母ちゃん、手んまり買って。三十五円で平木のお店で売っているのよ」

雪子が井戸端で米を洗えば井戸端へしゃがみ込み、煙たい炊事場に行くとそのあとをくっついてきてねだる。

ある日、雨が降っている中を、濡れながら帰ってきた智世。

「どうしたの、学校へ傘を持っていったら、帰った、と言うじゃないの。心配したが」

雪子の声は思わずきつくなる。

「なあ、母ちゃん。今日は三つも減ってるよ。なくなるといけないから、早く買うて」

平木のウインドウには、アメリカから来たというゴムまりが、子ども心を誘うように飾り付けられている。この子は学校の帰りにわざわざゴムまりを見に大廻りして平木の店に行き、もの欲しそうに時間が過ぎるのも忘れて、ビショビショと降る雨にも気づかずに、ゴムまりをながめていたのだろうか。

「姉ちゃんに言ってごらん。お母さんはお金がないの」

困り果てた雪子はイトを指さす。この家の収入は月によってまちまちである。よく仕事が運んだ時はたくさん入ってきて、仕立て直しに手間取って情けない時もある。だが仕立賃はすべて雪子に渡してあるはずだ。

「母さん、買うてやったら？」

「でも三十五円はヤミ米一升分じゃけんのう。それによっちゃんの所はお父さんがバリバリ働いているんだよ。三十五円あったら一日生きられるんじゃ」

それもその通り。今オーバーをすげ替えているけれど、雪子が一日かかってほどいてアイロンをかけて、イトが仕立てあげるのに、丸二日はかかる。それでせいぜい百円か百二十円もとれれば大きなうち。手んまり一個はわが家にとって大事件であった。しかも生活必需品ではない。

お茶の一時、茶の間に寄ってみんなが顔を見合わせた。「手んまり会議」である。與八郎を養子をもらう一件の時も、やはりこの長火鉢の前に座って話し合ったものだった。

「なあ、姉ちゃん、手んまり買って。みんな持ってるのよ。よっちゃんもさっちゃんも三つも買ってった」

良子ちゃんとさち子ちゃんの家は、借金をしているような貧しい家だ。それでも持っている、という智世の作戦だ。智世は「形勢いかに」と、ゴムまり一個に思いをかけている。口をしっかり結び、目を輝かせて三人の顔をかわるがわる見比べている。リツは言った。

「半年前なら絶対に買えなかったけど、今は與八郎さんがお金を送ってくれるし、明日の米に困る暮らしでもなし。ババの恩給がとってある、その中から買うてやってはどうだろうか」

智世はすかさず、

「ババが買うてくれる」

と喜んだ。親しく「ババ」と呼んだり、改まって「おばあちゃん」と呼ぶのはこの家の風習である。

「おお、買うてやるぞ。心の糧というものじゃあ」

「ばあちゃん、いいのよ。ばあちゃんのお金は使わなくても。母さん、ウチの金で買うてきてやって」

「そうよのう、智ちゃんよ。粘った甲斐があったな」

雪子と智世はゴムまりを買いにいそいそと町へ行く。リツはイトのミシンのそばへ来て座り、静かに言う。

「イトや、智世がおるから家の中がとても賑やかなんだな。大人ばかり三人だと本当に物言うこともなかろうになあ。今日も手んまり手んまり言うて騒がしくねだって、お金を使ったり時間を費やしたり。さわることもあろうが、それが世の中というものだ。子どもがおるからこそこの家も楽しく、賑やかに暮らしていけるんだよ」

「わかってる」

その後、そのゴムまりは長く智世の手の中にあって、日々の遊びの友となった。

そしてこの頃、毎朝のように川の中がやっと見えるようになると、智世はバケツを下げてイトのあとについてくる。小さなエビ取り網に長い竹をつけ、上から川の石垣にくっついているエビを取るのだ。

「今度は二匹いっぺんにはまったぞ」

「姉ちゃん、あそこにもおるよ」

「ああ、ここにもまた引っ付いた」

橋のたもとまで来た時、

「智ちゃん、見て。うなぎ柱が光ってる」

「ほんと、ここらになるとうなぎを取る人がたくさんおるものなあ」

エビを取る人は何十人もいて、イトたちの前や後ろに続いている。川上へ川上へと向山を過ぎて煙消蔵橋を渡ると、御殿前、太陽が出て川の水を照らす。潮が引き始める。この頃からエビは姿を消す。大勢のエビ取りの人たちはエビ網を肩にバケツを下げて帰っていく。

智世も今朝の収穫を喜んで、家路に向かって走る。入れ替わりに、カナツキを持った人が上から、引いていく水の中に目をやる。ひげを生やしたツガニが石垣の間から現れる。

與八郎からは、七月も八月も同じように五百円の送金があった。

「お母さん、ヤミ米を一斗ずつ買っても日に日に値上がるし、一俵入る大きな缶を買いましょうか。私この間、おかけ屋で見てきたんよ。丸くて質のいい入れ物があったわ」

「それもそうや、一俵くらいは予備に取っておかないといざという時に困るし」

丸い立派な一俵入りの缶がわが家に運ばれてきた。そして米一俵は翌日の昼、新しい缶の中に納まった。

木のたらいは重く、輪替の時期も来ている。イトは雪子と相談してアルマイトのたらいを買ってきた。

九月も十月も與八郎からの送金は続く。イトたちは食糧に恵まれてきた。気持ちも穏やかになってきた。日の当たる南向きの座敷に、母子は太陽をいっぱい浴びてのんびりしていた。イトは、伊八の袷《あわせ》の着物やインバ[六]を手に取って言う。

「これお母さんのコートにしようか」

「こちらは私のスーツにしよう。ヒマな時に縫うから」

「『紺屋の白袴』というて、なかなかできんもんやけど、まあ解いておこうか」

衣料品も仕立て直せば良いのができる。安定したこの住家に何一つ不足はない。

與八郎がわが家に来てくれてからのことだ。もしもあの時、あのまま女四人の生活が続いていたらどうなっていたか。突き詰めて思えば、イトは與八郎に感謝せねばならぬ。女四人、敗戦を担う国民だ。與八郎がわが家に来なかったら、四人の身の上にも非情の風は容赦なく吹きすさんだことだろう。今さらその戦慄に身の毛もよだつ思いがする。

六　インバ…インバネス・コートの略。袖があり、ケープのついた和装用の外套。

十一月、十二月と何の変化もなく、今はあたり前のこととして與八郎からの五百円の送金を待つ身となる。

十二月ともなれば前の川にめのりがつくし、青のりができる。身体は不自由でもリツはまあまあ元気で、潮が引くと智世と毎日前の川へ降りる。病後の雪子はまだ川へ降りることを控えている。リツと智世が取ってきためのりや青のりを、雪子がきれいに洗って干す。こうするとちょうど草のりのようなのりができるのだ。のりを採る人の数が多く、潮の引いた地面は見えない。少し川下には、掘れども尽きないあさり貝。大きな岩に牡蠣がつき、潮が満ちる時にはボラが群れをなして登る。人々は網をもって、あれよあれよと追いかける。ここ向山は野生の食べ物に恵まれた地である。

ある日、イトは智世のランドセルを開けてみた。

このランドセルも、イトが智世の入学のために拵えてやったもので、真っ黒いビロードに、うさぎのアップリケが元気に跳ねている。智世は敗戦の年に入学した子である。この時代に売られているランドセルは、ぼろの綿くずのような布地で作られていて、それでも高くて手が出ないと人々は言っていた。智世のビロードのランドセルのことを聞きつけて、遠くの知らない人まで、つてをたどって注文に来た。

「私は洋服屋で、かばん屋ではありません」

と言って断るのに一苦労だった。今ランドセルを作って売ったら結構収入になるだろうが、しかしイトは智世のためだけの特別なものにしておきたかった。

「私は洋服屋です。背広やオーバーの仕立替はしてもランドセルは作りません」

と断った。そのランドセルのうさぎは六年間ずっと智世の背中で跳ねていた。いかに丈夫に作ったのか、いかに大切に背負ったのか。


そのランドセルの中から、綴り方が一枚出てきた。どんな内容だったか覚えていないけれど、ただ一か所、今でもはっきりと覚えている文章が見えた。

「姉ちゃんはこわい人です」

子どもの目が一番正直だ。イトははっとたじろぎながらも、認めざるを得ない、と思った。気が弱く、優しいだけの病後の母、年老いて半身不随の祖母、そして一家を支える私。この中で私が一番偉く、一番怖く、智世の心に映ったのだろう。


ある日、智世は学校で着替えていったばかりの服を汚して帰ってきた。むろん、この寒空にすぐには乾かない。昨日洗ったのはまだ軒下に湿っている。

「家で着ているこの人絹《じんけん》七の服でも着ていくか?」

智世はべそをかいて、

「こんなテロテロした服は着ていけない」

(この子はまあ小さいくせに、絶えず身のまわりの苦情を言う子だ)

「そんなら、なぜ汚す?」

「そやけど道も悪いけん」


智世はいつもそわそわして、よくころぶ子であった。前の川へ落ちたことも何度かあった。学校へ入学したばかりの頃だったか、智世がイトの後ろからついてくる。ドボンというので振り返ると智世がアップアップともがいている。

「智ちゃん、ほら、これに掴まれや」

と言って竹竿を差し出してやると智世は夢中でそれに掴まる。引き寄せて引きずりあげた。

「潮飲んだか?」

七 人絹…絹糸を模して造られた人工絹糸。レーヨンのこと。

「うん、少し鼻が痛い」

「よう見て歩かんけん、もし潮が引いていたら、手か足を折るところじゃった」

ほっとした気持ちで智世をながめると、下駄の鼻緒だけが乾いている。

「まあ、下駄を脱いで川へこけたの？」

智世はびしょ濡れの服で、すまして答えた。

「下駄履いて飛び込む者はおらんもん」


こんな事もあった。芋を掘りに行った時のことである。その帰りの道、雪子と智世とイトの三人は、体の大きさに合わせてそれぞれに芋を背負った。智世は小さなリュックに芋を背負っていた。段々畑の中腹に、草を踏み分けただけの一筋の小道がある。智世が先に歩いている。眼下のながめは美しい。芋づるがきれいに刈り寄せられ、ミカンは少しずつ色づき始めている。

その時智世は足を滑らして、ころころころころとリュックと一緒に段々畑を転がり落ちた。イトは段を降りて手を差し伸べ、引っ張り上げてやった。その時の智世の言葉が忘れられない。

「向こうの山がきれいやろ。山を見ながら歩くやろ。それで足元が見えんじゃったの」

これにはイトも母も開いた口がふさがらない。当分の間はこれが家の合言葉となって、何事かあるたびに、

「智ちゃん、向こう向いて歩くけん、足元が見えんやっつろう」

とからかった。


智世が本気になって明日学校に着ていく洋服の心配をしていると、祖母はタンスの中から帯を一本だして言った。

「そう困るな、困るなよ。乾くの待つよりも縫った方が早かろ。これはババが嫁入りする時、ババのお母さんが織ってくれた帯じゃ。お母さんが、『今は世がよくても、貧乏した時に帯の芯を肌着にしたらよい』と、帯の中にさらしを入れてくれている。両方結べるように『共』にしてある。イトや、この藍の帯で、明日学校へ行くまでにこさえてやってくれ」


死ぬまで着るに困らないたくさんの着物を持って嫁入りしたリツである。雪子はすぐに藍の帯を解き始めた。

「おお、こんな丈夫な白いさらしの芯が入っている。帯芯はぼろ布を入れるのが普通であるのに、今の世にこんなによいさらしがあろうか」

「さらしはババの襦袢に縫ってあげようか」

「そうしてくれるか」

明日着る服の心配がなくなって、安心して眠る智世の枕元で、イトは明け方までミシンを踏んだ。ツンと鼻をつく藍の匂い。おそらくリツの母親は六十年もの昔、心を込めて白地の糸を絞り、藍に染め、機を織りつつ、娘の幸福を祈ったものであろう。そんな昔の人とつながるような不思議な気持ちになっていた。

翌朝の智世の嬉しそうな顔。学校の先生が、「今日は、智世ちゃんが『姉ちゃんが縫ってくれた服着てきたよ』と見せに来ました」と書いてよこした。おませだが、まだこの時二年生、幼い日の智世であった。

昭和二十一年十二月　初恋はかなたへ

今日は十二月十二日、イトの誕生日であり、初めての結婚記念日でもある。おそらく夫はこの日をわかっていないだろう。だがイトはこよなき喜びの日としてこの日を迎えた。イトは裏山から南天を切ってきて筒に活け、寒菊を止めにあしらった。お化粧も念入りにした。見せて喜ぶ人はなくとも装ってみたかった。

その時、郵便配達夫が一枚のはがきを投げ入れていった。

「誰だろう？　與八郎かしら？」

イトはウキウキした気持ちで一枚のはがきを手に取った。

「立洞村　毛利千吉」

差出人の名前を見てドキッとした。毛利のお兄様だ。

（お兄様が帰ってきた）

すぐにわかった。心臓は今にも止まりそうなほど、大きく波打つ。今までの平和は一瞬にして忘却の彼方に消え去ってしまった。手が、足が、全身が、がたがたと震える。いかなる理性も無力であった。一枚のはがきを持ったまま、その場に座り込んだ。

リツも雪子もびっくりして、イトの所へ飛んできた。イトがはがきを裏返すと、

「お誕生日お目出度う。貴女のご多幸を祈ります」

と書かれている。イトはただ動揺していた。

（お兄様が生きていた。生きて帰ってきた。私の誕生日を忘れないでいてくれた。私にはがきをくれた）

イトは泣いた。そこがリツと雪子のそばであることも忘れて声をあげて泣いた。

「あの人が生きていたの。あの人が帰ってきたの」

涙の下からイトはとぎれとぎれにつぶやいた。リツも雪子も言葉がなかった。二人の頭にわずかに二十日の養子の影が通って消えた。リツは、イトの泣き声のおさまるのを待って、静かに言った。

「イトや、今度こそ何も言わない。自分の思い通りにしておくれ。別れたからと言って私は決して咎めない。いや、むしろ毛利さんさえ許してくださるなら、私は喜んでいるよ。自分の進みたい道を進んでいいのだよ。」

イトは何度もうなずいて聞いていた。ひとしきり泣いたらすっきりした。

（お会いしよう。会って話して、それから考えよう。愛しさに恋い焦がれても、私には家

がある。女三人の運命が私によって左右される。私はこの家の主なのだ。幼い時から祖母の膝の上で聞かされたじゃないか、「お前は宇都宮家を継がねばならぬ、ただ一人の血筋なのだ、わかったな」と。そのリツがよいと言ってくれている。私もそうしたい。でもすべてを捨てるのが「自分の進みたい道」なのか、私は満たされるか。一家はどうなるのか）

リツはイトが幼い頃から、ご先祖のこと、亡き父親のことなどを話して聞かせた。女戸主となる教育である。イトは飽きずそれを聞いて育ってきた。イトにとって、家を継ぐという役割は自分の命と等価なのだ。祖母の表情や声色を思い出していた。

その夜、千吉が突然イトの家を訪ねてきた。
「どうしてもすぐにお会いしたかった。来ずにはいられなかったのです」
と千吉は小さな声で言った。マラリアのあとのひどいやつれ方だった。火鉢の前でやっと体を支えているかのように座っている千吉。

戦地に行った千吉、スマトラから送る軍事郵便は出せる数が限られていた。千吉は自分の両親に宛てる郵便さえ控えて、イトにはがきをよこしていた。検閲の墨が引かれることもあった郵便はがきには、「南十字星の下に」とか「椰子の木陰で貴女の健康を祈る」とか、限られた言葉で短く綴られる。その言葉の中に千吉の思いが詰まっていた。イトは引き出しにしまい込んだはがきの束を思い出した。そして目の前の、今も変わりない優しい所作や笑顔を見つめた。

「あなたは美しいなあ」

千吉はイトをじっと見つめ返してそういった。千吉の眼がまぶしくなって、イトは慌てて目をそらす。

「内地へ帰ってからというもの、会う人みなきれいに見えたが、貴女はまた格別だ」

美しいと言ってくれるのは千吉だけだ。與八郎はイトのことを、「兄貴の嫁より器量が悪い」と言うのだ。千吉は昔と少しも変わらない。その眼には絶えず静かないたわりの光が漂っている。イトは、千吉が今も自分を愛してくれていることを感じていた。

しばらくして千吉は、

「僕は君に話したいことがあるのだけど、今は仕事、忙しい？」

親しく「君」と呼んだりまた改まって「貴女」と呼んだりするのも昔のままである。

「ええ、年末ですから。でもどうにかやりくりをつけられます」

「じゃあ、どこかで一日、僕の気持ちを聞いてもらいたいのだけれど」

千吉は遠慮がちに言いながら、静かにあたりを見渡した。

「いいわ」

「そう、ご主人はいいのかね？」

「今いないのよ。少し出かけるくらい大丈夫よ」

イトは茶目っ気な言い方をして首をすくめ、この時初めてにっこり笑った。千吉もつられて、微笑んだ。

「そう。じゃあ、明日二人で宇和島の方へ遊びに行ってもいい？」

「それもいいけど、汽車の切符買えないのよ。何時間も立って待たないと」

「じゃあ、自転車で行こう。後ろに乗れるだろう？」

千吉は何のためらいもなく言った。

「そうしましょう。嬉しいなあ、私はお弁当を持ってきます」

「じゃあ、八時だよ。きっと駅前で待っている」

千吉は何度も念押しして、名残惜しそうに帰っていった。イトは角まで見送ろうと歩き始めたが踏みとどまり、門の手前で「さようなら」をした。千吉は自転車にまたがって、ペダルを踏んで帰っていった。後ろ姿はやつれていて、どことなく影薄く、哀れに見えた。


翌朝、イトはきっちり八時に駅前に行った。彼は自転車にもたれてイトを待っていた。

「お待ちになった？」

「うん、二十分くらい」

「でも八時の約束だったでしょ」

「わかっている。ただ……」

「ただ、どうしたの？」

「人が見ている。歩きながら話そう。ただ、君は昔のままの君だと言いたかったのだ」

「それ、どういう意味？」

「意味はないさ。強い女だと言いたいのだ」

「強い女」と聞いて、イトは少しがっかりした。

（考えてみれば私は誰からも「優しい」と言われたことは一度もない。智世にまで怖いと言われたのだもの……。千吉さんもそう思うのか……）

　二人は沈黙のまま歩いた。

　君ケ浦。ここまでくると磯の香りがする。打ち寄せる波の音。イトは話の継ぎ穂を探して海のかなたに目を移す。段々畑が山の頂上まで続く。耕して天に至るという言葉を思い出す。

「あれが浅川、鶴間ね。外地での暮らしが長かったから、故郷って美しいものでしょう？」

「ああ、でもそれも君がおれば、だ。君のいない故郷などどうでもよい」

イトには返す言葉がなかった。むっつりとして歩く二人は恋人同士とはどうしても思えない。やがて智永峠に差し掛かる。

「ここから乗ったらいいよ。もう人家は離れたし」

「じゃあ、乗せてもらうわね」

と言ったもののイトは背が低く、オーバーがかさんで荷台に乗ることができない。彼は、

「よいしょ」

と荷台へ乗せてくれた。その荷台に一枚の座布団が括り付けてあることは早くから気づいていた。イトはそのことについて何も言わなかった。

「海の中へ落とさないでね。まだ生きていたいから」

「そんなことわかるものか。僕のハンドル一つだ」

「わあ、こわい」

「大丈夫。まだまだ君と僕との話し合いは尽きていないからね」

イトは少しも怖くなかった。千吉の背中にしっかりと掴まりながら、はるか下の波の飛沫を見つめた。打ち寄せては飛沫を散らし、岩に砕けて散る、潮の白さ海の青さを目に焼き付けた。

「海っていいなあ、私は山よりも海が好き」

「海がいいな。海には魚が泳ぎ、海藻が生え、サザエやアワビが住んでいる。だから海はいい」

「だったら陸は？」

「……わずらわしい」

千吉は吐き捨てるように言った。千吉は外地での戦争の記憶を背負っているのだ。復員した人の中には、外に出られなくなってしまった男もいる。目が座って語らなくなった男もいる。イトが踏むミシンの音を聞いて頭を抱えて叫ぶ男もいた。千吉が「わずらわしい」と言った短い言葉に、戦争の痛みがこもっていた。

登りの道を彼は背を丸めて、ペダルを強く踏んでいる。

「ねえ、私、降りるわ。痩せたあなたの体を見ておられないもの」

「大丈夫だ、しっかり掴まえていてくれ」

もうすぐ高光、北宇和島。イトは千吉のジャンパーの両脇をしっかりと握っている。そして彼の背に顔を押し付け、心を燃やそうと努めた。だがなぜか心は燃えなかった。

そして戦災の跡の宇和島へ着いた。所々大きな穴が開いている。戦火のあとのすさまじさがこの四国の果てにまで来ている。町にはそこここにバラックが建ち、わずかの商品が並べられている。

「あの和霊様《われさま》八も焼けてしまったの。お城へ登ってみない？」

「うん、それがいい」

二人は焼け野原になった宇和島の地を歩いた。千吉も今さらのように国土の空襲のすさまじさを思う。

「ここらにね、雨のように石油が降ってきたの。その次に焼夷弾が落ちるの。火がついたら一気に燃え広がるでしょう。だから宇和島は丸焼けになったのよ。壕の中に入った人たちはみんな蒸せ死んでしまった。

……私たち、宇和島が空襲でずるずると地響きがする中で、真っ赤に焼けた空の色を見上げてた。その時は死ぬなんて平気だった。ちょっとも怖くなかった。

……そんなある日、雨の降る夜のこと、ドカンと家をゆすぶる大きな音がしたの。『吉田に落ちた！』と思って外へ飛び出したの。そしたらきれいな花火のような火が、馬の瀬

八　和霊様（われさま）…一六五三年に創建された和霊神社（われいじんじゃ）のこと。宇和島市外地北端に位置し、主祭神は山家公頼。公頼は宇和島藩家老として租税軽減や産業復興を行い、疲弊した藩政を回復した。昭和二十年に空襲で焼失。現在の和霊神社は昭和三十二年に再建されたもの。

の方に降っているの。前の川には焼夷弾の炎が渦をなして、火の川になって流れている。町の中は所々に火の手が上がり、私たち女四人、壕へ入ることも忘れて、火の雨が降る空や、川いっぱいに燃えつつ流れる炎を呆然と眺めていたの。

……どこへ逃げたって同じこと。この家でみんなで死ぬるんなら本望だと思ったわ」

イトがとめどなく語る空襲の記憶は、千吉への言い訳のようだった。

城山には十二月の寒さのためか誰一人いなかった。二人は肩を並べて城山のゆるやかな坂道を登る。宇和島城を背に見下ろす宇和島の町は、無残な焼土と化して、昔の面影はない。二人はしばし息をのんだ。

しばらくして千吉が口を開いた。

「聞いてくれ、僕の言うことを。

僕はスマトラで君一人を思って生きてきた。マラリア熱に浮かされた時でも、『君が待っていてくれる』と思う心が、ぼくを生かしてくれた。

……周りの兵隊は遊びに行ったよ、軍の決めた慰安所へ。でも僕は一度も行ったことはない。これだけは君にはっきり言っておく。僕の童貞は君に捧げねばならぬと思っていた。

……椰子の木の下でどんな思いで南十字星を眺めたか、君にはそれがわかるかい？」

イトは千吉を見上げて、目をそらさなかった。

「僕は、内地に帰ったら自分の特技を生かして働き、君はぼつぼつとミシンを踏んで、お母さんやお祖母さん、智世ちゃんらと一緒に五人で暮らしていこうと、それのみ思い、未来を空想しながら、異国の空のもとで辛抱してきた。

……収容所での生活も、ただそれだけを思うことによって救われたのだよ。だから僕は……。こうしてやっとの思いで内地に戻り、四国に入り、わが家にたどり着いた時、真っ先に君の所へ行こうと思ったんだ。そしたらおっかさんが、

『千吉、もう向山へ行ってはいけないよ』

と言う。

『どうして、おっかさん、なぜいけないの』

と聞いたら、

『あの人は養子さんをもらったのだよ』

と。そう聞いた時には僕は目の前が真っ暗になって……。

あきらめられない。あきらめてたまるものか」

千吉は泣いていた。背を向けた肩が嗚咽に震えている。イトも同じ思いだった。この一年間の生活を思うと、瑞々しい会話などなかった。イトは唇を噛み締めた。でも泣いてはいけない。千吉はしばらくして、

「貴女は幸福ですか？」

と聞いた。

「……幸福です」

と答えた。決して幸福ではない。でもこう言わねばこの場のおさまりはつかない。

「そうか、それならいいんだが……。いや、僕には君が幸せであるとは決して思えない。うぬぼれかもしれないが、君を幸福にできるのはこの世で僕一人だけなのだ」

イトの肩におこうとする千吉の手が、行き先を失って自分のズボンのポケットに入った。

「ねえ、君、僕と結婚してくれないか。頼む。僕は次男で、家業は兄が継いでいる。だから僕は自由なのだ。養子にも行ける身だ。お願いだ。僕を助けると思って結婚してくれ」

涙を隠そうとしない千吉。イトの心に千吉の言葉が沁みた。出会った頃の幸せや戦地での無事を祈った辛さが一気に思い出された。倒れそうになりながら、この一年の結婚生活を思い出した。千吉の「消息不明」、老親の願い、與八郎からの仕送りを思い出した。

「私はあなたを待っていました。でも去年結婚したのです。私の肩には一家がのっているのです。私にはどうすることもできません」

イトは自分の声にハッとした。「私も貴男を愛しています。死ぬほどお会いしとうございました。今も愛しています」となぜ言えないのか。

「だから、だから結婚してくれと言うのだ。君にご主人と別れてくれと頼むのだ。君は決して幸福ではない。僕に君の一家の全責任をとらせてくれ。君のご主人と対決しよう。僕は男だ。君には弱く見えるかもしれないが、男と男の対決なれば、ぼくは絶対に負けないつもりだ。君のために僕のために負けてはいけないのだ。命を捨てて勝った時に、僕はきっとこの手で君を抱きしめられると思う」

千吉は興奮のあまり青ざめていた。

「ねえ、君。貴女はこの僕を夫として生涯愛せるか?」

彼の手がイトに迫る。そしてはっと気づいたように二、三歩後ろへ下がる。千吉はうわずった呼吸をじっと噛み締めている。イトは千吉を見つめた。

(ただ働くだけの男よりも、風情のある会話ができるこの人との結婚はどれほど楽しいだろう。私はずっとそれを夢見ていた)

「僕はね、君が『死ね』と言えばいつでも死ねるんだよ。『二人で死のう』というなら喜んで一緒に死んでいける。僕は今日、そこまで覚悟して来ているのだよ」

イトは鋭い目で「死」を口にする千吉に戸惑った。千吉から目をそらし、町を見下ろした。

(弱い男、意気地なし。死にたくても死ねないのに。……死にたくても死ねないのに)

大きく開かれていたイトの心の扉が、次第に閉ざされていく。

（千吉も戦地で死を見すぎたのだろうか。千吉の優しさは人間の価値だけれども、今はただ生きねばならぬ時）

エネルギーの塊のような與八郎と死をささやく千吉と、年老いた二人の親と幼い妹の顔がかわるがわる浮かんだ。

イトは弁当を取り出して、黙って半分を千吉に渡した。冷たいお寿司を口に入れたが食欲はなかった。弁当の冷たさよりも次第に冷えていく心を追いかけようとした。そして次第にイトの頭を覆ってきた靄のようなものが次第に晴れていく気がした。

「私は死ねません」

「わかっている。僕はただ、それほど君を、死ぬほど貴女を愛しているということだ」

二人は石垣に腰を下ろしてぼんやりと町を見下ろしていた。千吉はイトの作った弁当を「うまい、うまい」と言って食べている。そんな千吉を愛しく見つめながら、（千吉さん、ありがとう）とつぶやいた。最後の瞬間を胸に焼き付けたかった。そして（千吉さん、さようなら）と心で手を合わせた。

イトは、自分が言うべきことを伝えようと覚悟した。

「貴男は幸福な人よ。そんなに命を懸けて愛する人があって。貴男はこれから前途のある人なのよ」

「じゃあ、君は幸福でなくてもいいのか」

「はっきり言います。私、今やっと自分の心がつかめたの。怒らないで冷静に聞いてちょうだい。私は、命を懸けて愛してくださる人を愛することができず、自分の夫にも愛情が持てません。私はこんな女です。たとえどんな人と結婚しても一人で生きていかねばならぬ宿命だとわかったの。……今日まで迷っていたけれど、私の心が今はっきりわかりました。私は、誰かにすがっては生きていけない。いかなる人と結婚しても同じ。貴男は可愛いやさしいお嬢さんをもらって幸福に暮らしてくださいね」

千吉の顔に悲しいあきらめの色が広がった。イトの心はなおうずいて痛い。だがイトにはまだ言うべき言葉が残っている。

「こうしてお逢いして、最後に心を割って話し合えたことは本当によかったと思います」

やっと最後の言葉を言ったようでもあり、また何か重大なことが抜けているようでもあった。

お互いに手を握り合うこともなかったが、心は通わせた。千吉はイトのすべてではなかったのだ。イトは今、與八郎のことを思う。イトは與八郎の妻であることを実は意識していたようだ。目に見えぬ夫婦の固い絆というものを、イトははっきりと知ることができた。そしてイトは千吉を苦しめたお詫びと愛してくれたお礼のしるしに深く頭を下げた。

「そうかなあ」

彼はしょんぼり、うつむいている。

「すまなかった。貴女を呼び出したりして。だが長い間の交際だった」

彼はほうっと溜息をついた。お互いが二度と得ることのできない恋をあきらめる。イトの胸に、愛情だけでは食べていけないのだという実感が、深く、深く根を下ろした日であった。

久し方あい見る君は言葉なく我を抱きてほほえみ泣きぬ

次々に思はば胸のはりさけるまでもやまざる吾を哀しむ

淋しさも苦しきことも秘めて生く吾に老ひたる母のありせば

昭和二十二年　父との訣別

この向山を訪れる人は、二、三軒の新築家屋を除いてどの家も同じ作りであることにむしろ感心する。イトの家はちょうど中間にあって、厚い萱葺屋根でかつての風雪を思わせる。犬尾城を控えて前に赤い屋根の門を隔てて、国安川の清き流れがある。昔はお堀だったという。ここ犬尾城の山裾に、玄関と八畳の客間、四畳半の茶の間、六畳の居間があり、庭を隔ててイトと與八郎が二十日過ごした新しい部屋がある。この部屋をイトは朝に夕に掃除をして、花を活けている。いつ帰るかしれぬ夫のために、イトはささやかに準備をしていた。

イトは居間の廊下にミシンを据え、八畳の間を一人で仕事場に使用している。庭よりもはるかに高い位置にあるこの仕事場に、訪れる人は踏み台を上がって廊下に腰を下ろして要件を話す始末である。

門を開けて誰かが訪ねてきた。その人は仕事のお客さんではなさそうだ。イトがミシンを踏む方へは寄らずに、玄関の方へ行った。改まった用事のある人だろうか。イトは玄関

に立って、

「どうぞ、お入りください」

と言った。客は若い女の人である。

「あの、宇都宮さんのお宅ですか？」

「はい、そうです」

「私は駅前の玉屋旅館の者ですが、今日のお客様が、これをこちらのお嬢さんに渡してくれと申しましたので」

と、一通の手紙を差し出した。表に「宇都宮イト様」とあり、裏に「山本」とだけ書いてある。

「あの……、返事をうかがってこいと申されました」

イトは黙って封を開けた。

「今夜、玉屋にて待ちます」

ただ、それだけ書いてある。リツは何事かとイトのそばへ来て身を乗り出す。炊事をしている雪子は、格子戸を開けて玄関に顔を出した。イトはリツに手紙を渡し、リツは雪子に回した。

かつてないような険しい沈黙がイトたち三人に流れた。リツは黙って茶の間に下がった。

雪子は、

「お客様には、今夜夕食をすませてから行かせます、と伝えてください」

と言って、玉屋の女中に帰ってもらった。雪子は手紙を何度も何度も読み返した。リツは不機嫌に黙っている。

（父か……）

イトは目を閉じて父という言葉の答えを待った。暗いあの日のことが思い出される。


イトがまだ小学五年生の時であった。父が何年かぶりに正月に故郷に帰ってきた時のことだった。リツはイトに、高浜へ行って父に会ってくるように言った。どんな人だろうか……とまぶたに、立派でやさしい父を描きながら、飛び立つような気持ちで船に乗った。

高浜の父、又造の実家は古めかしい造りだった。イトはいつものように自分の家のように何のためらいもなく山本の門をくぐった。プンと鼻につく酒の匂いがする。正月五日、番頭だけが帳場にいた。

「ああ、おいでなさい。お帰りになっておられますよ」

イトはこっくりうなずいた。番頭はすぐ部屋に入って取り次いでくれた。

「お嬢さまが来られました」

奥から小さな声が聞こえる。

「おおそうか、吉田から来たか」

それは聞きなれた又造の兄の声である。

「出る必要はない、どうせ正月のお年玉でも取りに来たんだろう」

それは聞き慣れない男の声だ。

（父の声だ）

イトは直感した。イトは、その男が言った「出る必要はない」「どうせお年玉でも取りに来たんだろう」という言葉を、二度、心の中で繰り返した。体が硬くなり、かっと顔が赤くなるのを感じた。イトはそのまま踵を返して、夢中で山本の家を飛び出した。番頭がイトを呼ぶ声が聞こえたが、走るのをやめなかった。悔し涙があとからあとから流れた。

「二度と行くまい。あの家をもう二度と思い出すまい」

父という男をどんなに恨んでも恨み切れない気持ちになった。大きくなったらきっと思い知らせてやる。流れる涙を手でこすりながら、イトは父が大嫌いになった。

あれから十年の歳月が流れている。イトはあの日のことは誰にも一言も語らなかった。誰かに語ると自分がいらない者のような気になるからだ。そしてそれ以来、山本の家へ行くことは二度となかった。

駅前の玉屋旅館まで、かなりの道のりであった。入口で案内を乞うと昼間の女中さんが出てきて、

「お待ちかねでございます」

と言って、二階の奥まった四畳半の部屋に通された。そこには、応接椅子につくねんと座っている小柄な男がいた。和服姿だ。確か五十一歳と聞いたが、年より老けて見える。肌の色は白く、身体の線は細い。男として情けない姿よ。残念ながらイトは、その遺伝子をそのまま受け継いだようだ。

父はさも懐かしそうにイトの頭の先からつま先までを眺めた。そして弱々しく、

「よくまあ、来られたね。どうだろうと心配したよ」

（体格は似ていても、この声色に私と似たところはまったくない。が、この惨めな姿はきっと私の晩年の姿なのだろう）

「元気かね」

「はい、元気です」

「それはいい」

「もっと早く会いたかったのだが。いろいろ聞いている。養子を貰ったそうだなあ」

又造はイトの返事を待った。

「ええ」

「幸福か？」

「まあまあというところです」

「思い出すよ。あの当時を。私は若かった。あんたのおじいさんは物の道理がわかった立派な人だった。おばあさんもなかなかしっかりした人だった」

又造は言葉を切った。

「あんたが養子になってもらわれていったことの意味をつくづく知ったのは、あんたのおじいさんが死んだ時だった」

又造は、また言葉を切った。遠い昔を偲ぶようであった。

「あんたに苦労をかけて、何一つ親らしいこともせず、若い間遊び暮らした。年をとって故郷に帰り、どの面下げてノコノコと会いに行けたものかと思って。だがどうしても一度会いたかった」

うつむいて語っていた又造は黙った。これ以上は語りたくないようだ。

（大酒飲みで仕事も失敗し、母に暴力をふるう男だったと母から一度だけ聞いたことがある。「たたかれたとはめんどしゅうて《はずかしくて》誰にも言えなんだ。じっとこらえてたたかれていると、余計にたたかれた。こらえていてもようならん」と。母は私と弘の手元に唯一の写真を残して家を出た。旧家の出戻りに世間は厳しく、母は親戚を頼って京城へ行った。この男のせいで母は居場所を失い、私は母親の愛を受けることができなくなったのだ）


イトは幼い頃、リツに連れられてときどき高浜へ遊びに行った。高浜はリツの郷であり、また又造の郷でもある。リツはイトが又造の実家に遊びに行くことを許してくれていた。

又造の母方の祖母はイトを見ると、

「よう来たよう来た。もうそろそろ遊びに来る頃じゃあと思って待っとった」

と頭を撫でて迎えた。帳場に腰を下ろして、

「お母さんを恨むでないぞ。お父さんが悪いのだよ。あの子さえまともならあんたも淋しくはないのになあ。弘はあんたのたった一人の弟じゃあ。私がもし死んだら弘は一人ぼっちになるけん、あんたん所へ遊びに行かしてやんなさい。わしも年じゃけん、そのことばかり心配で。弘を可愛がってやんなさい」

イトはこっくりとうなずいた。その弘は物陰に隠れて上目遣いにイトを見つめている。

「弘よ。姉ちゃんじゃ。たった一人の姉ちゃんじゃがな」

祖母がそばに寄れば、弘はおどおどとイトのそばに来る。祖母は、イトに持って帰らせる土産として、酒粕を取りに地下室に降りていく。この家は酒屋なので酒粕はたくさんあった。

「弘、吉田へも遊びに来い。弘？　聞こえたのか？」

弘は黙ってそろばんの玉を撫でている。イトはこつんと頭をたたいた。弘はワッと泣き出した。又造の兄である伯父がのこのこと出てくると、弘は抱き着いた。祖母は風呂敷いっぱいに酒粕と黒砂糖を包んでイトに渡した。

「重たいから船まで持っていってやる」

と言って弘の手を引き、浜まで見送った。伯父も、

「イトや、ときどき遊びに来い。ババが喜ぶけんのう」

と、黙って手を取って握らせた。手を開くと五十銭玉であった。この伯父は妻にも死なれ、子どももなく、弘を引き取って自分の母親と暮らしていた。これが山本家の人たちである。桟橋に立って船を待っていると、弘は、

「イトちゃんに泣かされた」

と言いつけている。幼い日の思い出である。

しばらくの沈黙ののち、又造はまた話し始めた。

「妹ができているそうじゃな？」

「ええ、智世と言います。いい子です」

「そうか……」


京城で暮らし始めた雪子は親戚伝いに山口さんという男性と出会い、結婚した。山口は「天を突くような大男」で人一倍身体が丈夫で優しい人だったという。その人との間に生まれたのが智世だ。しかし智世が生まれて三十三日目に山口は突然倒れた。産褥で床に臥せていた雪子の枕もとで山口は突然倒れ、そのまま大きな鼾をかき始めたという。「脳卒中の大鼾」はよく知られている。大鼾を聞いた雪子は「これはいけん、これはいけん」と慌てて人を呼んだが、山口の目はもう覚めることはなかった。その後、雪子は、山口を紹介した親戚が営む京城の家具店の会計主任として働くことになった。人並みの読み書きそろばんができる程度だったが、雪子を哀れに思う本家筋のおかげで、マホガニーの両袖机をあてがわれていた。月給は五十円、内地の校長先生より多かったという。しかしリツに呼ばれて、幼子を連れて四国に帰ってきた。リツが脳卒中で倒れる少し前のことだった。

又造の言葉は続く。

「早く九州へ行って二人で暮らすのだな。離れていることはよくない」

「……弘は元気ですか？」

「ああ、あれは元気だ」

又造は弘と折り合いがよくないのか、弘のことは語りたがらない。


最前の女中さんが襖の外から声をかけてきた。

「お客様にお迎えの方が見えられました」

「そうだ、もうそんな時間だわ」

イトの腕時計は九時を廻っている。父の顔に淋しい影が走った。

「初めて会って何も買ってあげられない。これを取っておいてもらえまいか」

又造は百円札十枚を四つにたたんで、イトの手に握らせた。イトは即座に拒んだ。

「いりません。理由のないお金です」

又造は淋しそうにうつむいていた。

「そうだ、あんたの小さい妹に何か買ってやってもらえないか」

イトは黙って千円を握った。

「長い間、苦労をかけて私を恨むこともあったであろう。それが今でも心にかかっている。何年か前のこと、せっかく会いに来てくれたのに、追い返したりして、それが今までずっと私の心を痛めていた。理由のないことではないが、久しぶりに故郷へ帰ったら、あんたのお母さんの再婚を耳にするし、私も長い間の独身生活の癖で、つい酒の勢いも手伝って……。こうして会いに来たのもあの時のことを詫びたかったのだよ。許せるものではなかろうが、すまなかったと一言言いたくて。これでどうやら私の肩の荷が下りたようだ。本当にすまなかったなあ」

イトにとっては、別に「すむ・すまない」はどうでもよい。こうした運命に生きる女として、一人で身を守ることを自ら形づけられてきただけなのだ。イトは黙って立ち上がり、父の方を振り返った。又造を見下ろしながら、

「二度と吉田へは来ないでください。母が心配します。これ以上母を苦しめないでください」

と言った。又造は黙ってうなずいた。その目にうっすらと涙がにじむのを見た。

イトは黙ってコートの襟を立て、迎えに来てくれた雪子に手を振った。

(父はいまだに母への思いを捨ててはいない。世の中、そう都合よくいくものか)

黙々と歩くイトは心の中で、

（許せない、許せない）

と叫んでいた。「すまなかった」の一言ですまそうとする。そんなことでは癒されない、余りにも深い大きな傷跡なのだ。夜風はそれぞれに冷たかった。


季節も移り、春の訪れとともに、鶯の声を聞くようになった。四月になれば安藤神社の春祭りがある。四月十四日、この日はどんなにお天気が良くても必ず三粒の雨が降るという言い伝えが吉田にはある。安藤神社に祀られている安藤様とは、百姓一揆を、命を捨てて鎮めた人である。一揆の面前、八万川前で安藤様は切腹した。その時に、天がぬけるほど雨が降った。しかし安藤様が切腹した場所にだけは雨粒が落ちなかったという。これを「安藤様の涙雨」と言い、今でも安藤様の徳が慕われている。このお祭りの前後に、土を割って筍が頭を出す。そして来る日も来る日も、筍が姿をかえて食卓に並ぶのだ。

五月は茶摘みをする季節だ。イトも仕事を休んで茶を摘み、リツも動く方の手で茶を摘む。そして一年中の茶を貯える。ご先祖様もこうして自然の中で平和な営みを続けてきたのだろう。歴史は紡がれる。

八月になれば、裏山からゾロリゾロリと大きな青大将が現れる。頭と尾は見えない。イトが驚いて飛び上がると、「家を守ってくださる家守様だから大事にしてやれよ」とリツが笑う。夕方になるとヤモリが大きな体を揺さぶって歩いている。この家、この山川、そしてなじみ深い生物たち。イトは人に語る楽しみは知らないが、自然のものたちが日夜の友となって、けっこう楽しく成長してきたのだった。

そうしたある日、朝早くひょっこりと弟の弘が現れた。この子も無口な子である。久々に会っても何一つ語ろうとしない。智世だけが一人楽しそうに、学校のプリントを弘に見せて明るくおしゃべりをしている。弘はあまり語らないまま一晩泊まって、翌朝帰るという。雪子は高浜までの弁当として、大きなおにぎり三個を作り、持たせてやった。イトは駅まで見送りに行った。弘は一時荷物預かり所でトランクと大きな風呂敷を受け取る。

「弘、その荷物どうしたの?」

「ああ、友達に頼まれた」

「お前、卯之町までは汽車でも、そこからまた歩いて三里もある。そんな大きな荷物を預ける人はどんなんじゃね。なんぜ断らなかった?」

「断り切れんかった」

「そうか、仕方ないな。じゃあ気をつけて帰りなさい」

「さようなら」

あっけない別れ方である。

弘がイトの家に、覚悟の別れを告げに来たのだとわかったのは、その日の昼である。高浜の叔父が自転車で訪ねてきた。そして弘が家出をしたのだとわかった。

「夜十時には私たちも母屋へ帰り、住込みの者や弘もそれぞれ部屋へ引き上げた。次の日の朝になって弘の姿が見えない。部屋の中はきちんとしているが、タンスの中の洋服が一枚もない。子どもの時からの貯金通帳と印もないのだよ。世間体もあるし、心当たりをこっそり探していたが、どこへも立ち寄ったふうがない。それで今日はこっちへ来てみたのじゃ」

とのことだった。

「何が気に入らないのか。話し合えばわかることなのに、家を出たければ仕分けてもやるし、家業を継いでくれればこれに越したことはないと思っていたのに。あの子が帰ってきたらどこへもやらずに泊めてやっておくれ。そして私に連絡おくれなさい。一人では帰りづらいだろうけん、私が迎えに来ますけん」

伯父は頼んで帰っていった。

「弘のバカ。なぜ何も言わずに。どこへ行ったって食べていけやしないのに。配給券も持っていないじゃないか」

「男の子は無鉄砲なことをするものだ」

リツはこともなげに言った。

「高浜までの弁当と思うからおにぎり三つしか作らなんだ。どこかへ行くとでも言えば、もっと持たすのに。米も入れてやるのに」

雪子は哀しくつぶやく。雪子にとっては可愛いわが子である。弘にとっても二十年の空白がある。久しぶりに会った母と息子が、またこうした決別の仲となろうとは、あまりにも血の薄い親子ではないか。

それきりイトたちは言い合わせたように弘のことについて口を閉ざした。お互いに傷口に触れたくないし、また苦しみも喜びも表に表さないことが、この時代に生きる者の美徳とされていた。


その弘が十五日目に飄然として帰ってきた。垢にまみれて痩せて、頬骨の出た顔だ。仕事をしていたイトは、ガラス戸越しに見て、泥棒でも来たのかとぎょっとしたくらいであった。

「まあ、弘、どこへ行っていたの」

「うん、何でもええ。飯を食べさせて」

　冷や飯を茶漬けにすると、弘はがつがつと餓鬼のように食べた。やがてぽつぽつと顛末を語り始めた。

「ここで握り飯三つこさえてもろうたのを大切にして、四国を離れる時に一つ食べた。東京の友達を頼っていったが仕事がない。……何でもするからと探して歩いたがどこにも使ってくれる所はない。……どうにかなるだろうと思って北海道まで行った。……行く時はヤミで切符が買えたが、帰りの切符が買えない。金はなし。……貯金は今月分下ろしているからもう出せませんと言われるし。腹は減るし、米粒はあの三つの握り飯が最後で、……あとはリンゴばかり食べていた。飯が食べたくて、食べたくて、喉から手が出るようだった。……腹が減って橋の上からぼんやりと川の水を見ていたら、帰りたくなって涙が出た。……巡査が身投げだと思ったのだなあ、急に後ろから抱き着いてきた。そして派出所へ連れていかれていろいろと話を聞かれた。

『そんなら、私が証明して貯金を下ろしてあげよう。帰る切符も買ってやる。ここにはあんたの働く所はない』

　と、巡査はそう言って、その夜は世話になり、翌日一緒に行って金を下ろしてもらい、名古屋までの切符を買ってくれたのだ。……名古屋に着いたとたん、また警察に引っ張られた。何がなんだか少しもわからん。……調べられているうちに、やっとわかったのだが、十三日に五人組の強盗があってまだ捕まらんのだそうだ。名古屋で非常線を張っていたら、そこへ僕が大きな荷物をもってのこのこと出てきたので、怪しいと思われて捕えられてしまったのだ」

無理もなかろう。風呂も入らず汗と垢に汚れて、リンゴばかりかじって、米一粒ものどを通さず、不安定な心と体で荷物を提げていれば、誰だって怪しいと思うに違いない。

「それでどうしたの？」

「その九月十三日というのが、ちょうど北海道で貯金を下ろした日だ。貯金通帳がまず証明したのだ。そして放たれて、ようよう帰ってこられた」

トランクと風呂敷包みの中には持ってきた時の洋服がそのままある。十五日間に日本を縦に渡って帰ってきた。

弘は散髪して風呂に入り、祖父の絣に着替えて座った時には、故郷を捨て大恩のある伯父を見捨てて野望にかられた人間とは見えなかった。のんびりとした若旦那ふうである。

雪子は電話で弘が帰ったことを高浜へ知らせた。伯父は「二、三日して迎えに行く、それまで預かってくれ」との返事であった。リツは、

「男の子だもの、それくらいのことはあってよいさ。いい体験をしたな」

と言った。が、一週間たっても迎えが来ない。今度は、

「弘は成功しない子だよ」

とつぶやいた。雪子は、リツとイトに気兼ねしながら、弘のために配給のたばこをわけてもらおうと毎日町中を歩きまわっていた。

八日目に伯父が迎えに来た。伯父は、

「弘を連れて帰ります」

と言い、弘を連れて帰った。雪子は、伯父と弘の背中に手を合わせて頭を下げた。

昭和二十二年　與八郎と生きる

十一月三日、何の前触れもなく與八郎が帰ってきた。きちんとした背広を着て、革の靴を履き、堂々としたいっぱしの紳士としての風格があった。イトはほっとした。與八郎は楽しそうに話し始める。

「なかなか帰るのも大変でな。第一、字を書かにゃならん。それに吉田のような小さな駅

と違って、伊田の駅は大きいのだ。大きな汽車が行ったり来たりする中で、どの汽車に乗ったらよいのかまごつくけんのう。その点、兵隊さんの時は楽じゃった。俺が入隊して満州の呼倫へ行く時は御用船に乗せられていく。一体ここはどこじゃろうと、小さな窓から目だけ覗かせて海上を見たら、駆逐艦がずらりと並んで、俺たちを護衛しとった。軍隊では指図通り動いていたら間違いなかった」

無理もなかろう。九州から四国に渡る時は住所、氏名、年齢、職業を書かねばならぬ。

「それで、どうしたの？」

「うん、ちょうどいい具合に、前にいる人に頼んだのだ。『兵隊に行って右手を砲にやられてしもうて、左手では物が書けずに不自由で困っています、すみませんが、ちょっと書いてください』と言って頼んだのだ。いい人もあるもので、すぐに書いてくれた。それにしても世の中は不便なものだ。字を書くということがどれだけたいそうなことか」

與八郎は完全に文字の必要性をわかっていない。この人に、世の中にとっても文字がいかに必要か、いや自分自身にとっていかに重要かをわからすまでに、どれだけの歳月がかかるのだろう。

「おい、すぐ九州へ行こう。俺は社宅を貰ってきたのだ。一人だと何かにつけて馬鹿らしい。会社からの引物は一番に引かれるし、家族手当は貰えないし」

「それは籍が入っていないからよ」

「そうか、では早速籍を入れよう」

「私はまだ子どもができていないのよ。十か月してからでも遅くはないわ」

イトは二年前の別れの時の言葉を思い出して、仇を討った。そのつもりだったが、與八郎はそんなことはとうに忘れているらしい。

「うん、それもある。だが第一損をするじゃないか。妻を持ちながら、籍を入れていないだけで、みすみす損をする。そんな馬鹿らしいことを放っておけるか」

與八郎は真剣な顔をしている。家族手当を貰えない、独身者だと引物が多い、だから籍を入れるというのだ。お互いが結ばれて夫婦になるとか、二人が一体となって同籍を名乗るということではない。「損をするから」入籍をするというのである。

その翌日、吉田役場へ養子縁組の届出をした。そしてイトの夫はこの日から「宇都宮與八郎」を名乗る人となる。

「ああ、失敗した。俺は会社の賃金を受け取るのに八十円も出して谷田の印を作ったばかりだった」

役所からの帰り道、與八郎は、結婚した感慨よりも、そんな愚痴をこぼしていた。

與八郎はしきりに九州に一緒に行くことを勧めてくる。しかし家の棚には、山と積まれたお客様の布地が入っている。

「困ったことよ。せめて十日くらい前に手紙でも書いて知らせてくれたら、こんなに請け負いはしなかったのに」

何と不自由な人だろう。人は自分一人で生きていくわけではない、自分がわがままを言ったら周りの人にどれだけ迷惑をかけるのか。そんなことは與八郎の眼中にはまったくない。

「俺はなあ、手紙をやったりもろたり、そんな不便なことは大嫌いだ。用事ができたら話に来い。俺に何か話がある時はすぐ帰ってくる」

與八郎は「文字」ということに対してことさらに「不便」という言葉を使う。大昔の文字のない時代であればそれでも通る。だが、北海道や青森から鹿児島に伝えたい時にどう伝えるのか、いちいち海を渡って伝えるというのか。

與八郎はイトの肩をたたいて言った。

「一つも心配するな。さあ、一日も早く行こう。そして金をたくさん残して、『イト、これがお前の家だぞ』といって知らぬ間に西洋館のような立派なのを建てて驚かせてやる。さあさ、支度をしよう。俺は仕事を休まれないのだ」

　與八郎は働くためにこの世に生まれてきたような人である。でも、せめて二年ぶりに妻のもとへ帰ったならば、そこに妻への優しい慰めの言葉があってもよいはずじゃあないの。生まれ故郷の父や兄のもとへ元気な姿を見せるのも当然。それに自分の亡き母の墓前に私という妻をめとったことを無言の祈りに込めるのも人の道じゃあないの。イトは不満だった。そして不安でもあった。炭鉱は恐ろしい所と聞いている。世捨人が最後にたどりつく場所と聞く。覚悟が必要だ。どうするか……。まあ、炭鉱という荒くれた人の世にもやはり人情もあろう。語る友はできなくても、きっと山あり川あり谷あり、自然の中に心の友が得られるだろう。それに……千吉さんも妻をめとった。もう振り向けない。前に進むしかない。

　請け負った品物は、わけを話して、四日には全部お返しした。皆、イトの職人としての腕を惜しんでくれた。

　與八郎はせわしない人だ。中一日おいて五日には出発するという。十一月五日は吉田の秋祭りであった。イトはわずかな身の回りの物を行李に詰め、あとは数冊の本を詰めた。

「お前、本は着れんぞ。着るものを持っていかんのか」

　イトはこの時、二年前にオーバーも着ずに九州へ行った與八郎を思い出した。

「何にもいらない。着物三枚あれば結構よ」

「それじゃあすぐなくなってしまうじゃないか」

「なくなれば作ればいいわ」

イトは三枚主義、不要な着物は一切持たない。終戦前は縫っては箪笥にしまい、新しく買った着物を箪笥に寝かせて喜んだ時代もあった。今はほとんど売りつくしている。年ごとの虫干しにも矛盾を感じるようになってきた。

「俺はお前と一緒になる前に、『イトは一生着るに困らないほど着物を持っている』とお母さんから聞いとった。俺の親父も『あの家はお前が行って一代にはよう着んだけの着物がある、山も畑もある、天下の銘刀も何本もある』と言いよったぞ」

「そうよ、昔はね。長い間の女四人暮らし、残っているのはこの家屋敷だけよ」

「そうか、俺はだまされたのか」

「だましはしませんよ」

「この箪笥やミシンはどうしよう」

與八郎は並んでいる箪笥や仕事場のミシンを指さして言った。懐かしい手離しがたいミシンである。ミシンはイトの愛そのものである。日夜わが子のように労わって使い、またイトたちの生活を助けたミシンだ。

「持っていきません」

「お前は九州へ行って遊ぶつもりか」

「あなたは私を九州まで連れていって働かせるつもりですか。ミシンが必要になったら向こうで買います」

なんだかんだと言い合いをしながら、とにかく布団と行李二個の荷物が出来上がった。

十一月五日早朝、家族全員がリツの寝ている部屋に集まった。イトは、二度目の脳卒中で寝たきりになったリツのことが気がかりだった。床に伏しているリツは、イトの方を向いて、自分の手を握るように、と手招きした。イトがそばに来ると不自由そうに口を開いた。

「イトや、これまでありがとう。……田川で幸せになりなさい。與八郎と仲良く生きていきなさい。……ババは幸せじゃった。イトはババの生きがいじゃった」

ゆっくりと、そこまで言うとリツは疲れたように目を閉じた。イトは黙ってうなずいた。

與八郎とイトは荷物を抱えて玄関に出た。二人を見送る雪子は涙ぐみながらも、

「田川はご近所じゃ。案ずるなよ」

と言い、大きな握り飯五つを與八郎に手渡した。イトのカバンには餞別の入った巾着を滑り込ませた。イトは、母 雪子に頭を下げた。

「身体をいとうてください《大事にしてください》」

そしてイトは、二十余年を育んでくれた懐かしい山川を見渡して、與八郎と二人、わが家を後にした。智世は二つ目の角まで與八郎の手を握って一緒に歩いた。

吉田駅。宇和島行きの汽車は満員で、人であふれ出そうなくらい混み合っている。與八郎は一両目、イトは二両目にやっと体を割り込ませた。怒涛のように過ぎた三日間だった。午前十時、時刻通りに汽車は出発した。

第三部　死線を越えて

昭和二十二年　ボタ山のある町（一）

香春岳が大きな山塊となってそびえている。ボタ山が遠く近くに連なる。ここは田川市斜抗新台町、鉱山《やま》の男の血と汗から生まれた裕福な産業地帯だ。たくましい男たちが闊歩し、田川市は一つの大きな生物のようだ。

ここに一棟が三軒に仕切られた三井の社宅が並んでいる。この六畳と四畳半だけのささやかな家が二人の新居である。田川に来てから早一か月が過ぎた。毎日が早い。昨日は隣組の配給当番だった。まだ慣れないために醤油五合を受け取るために、朝から昼まで立たされた。町内九軒分を取ってきて、人数割に分配し、金を集めた。五銭の残金があったので、組長さんに渡しておいた。主婦業は難しい。毎日の修練によって身に付くだろうか。

今年の冬は格別に寒い。

十二月三十日に正月用食品の配給があった。冷凍の鯛、まぐろ、かまぼこが、共同水道端で人数割に分配された。一軒三十円ずつ出し合って買物をする。現金二百七十円のうち、二百円の出費だったので、七十円が残った。その残金は袋に入れ、水道端の柱にひっかけられた。
魚や菜をみんなに配給し、お金を回収し、いざと思って袋を見上げたら、袋がない。び
っくりしてそこら辺を探すと、草むらの中に手垢に汚れた袋が投げ出されている。中にあ
ったはずの七十円の金はなくなっていた。
「誰が盗ったんじゃろう」
九人がお互いの顔を見廻した。
「警察に言うてこようかの」
と誰かが言った。どうせこの九軒のうちの一人だろうから、警察に行って事を荒立てる
必要もあるまいに、と思うが、イトはまだ新参者である。黙っていた。
長谷さんがこんなことを言った。
「今夜この空の袋をここへ吊るしておきましょう。そしてお金を借りた人は明朝までに戻
しておいてはいかがですか。明日の朝、この袋の中へ七十円が入れてあったら、今日のこ
とはなかったことにして許してあげましょ。もしもお金が入っていなかったら、その時に
また考えましょう」
みんなはそれに賛成した。イトはそれについて大した心配もせずに家に帰った。明日に

なったらどうせ戻っている、そんな気がしていた。

翌朝、イトが歯を磨いていたら、お隣の竹田さんが来られた。「奥さん、お金が入っとるばい。誰が入れたのじゃろう。顔が見たいね」

「でも金が返ってくればそれでいいじゃない。金さえ戻れば問題にしないはずだったでしょ」

「そりゃそうだけど、今後こういうことがあると困るからね」

と言いながら竹田さんは帰っていった。事態はこのまま収束するという単純なものではなかった。昼過ぎに竹田さんがまたやってきて言った。

「奥さん、人は見かけによらぬものですね。大きな口をたたいた人が盗ったのですよ」

「だあれ、それ？　もうわかったの」

「江本さんよ」

「まあ、あの人が？　何の証拠があって？」

「それがね、私とトメちゃんと二人で、コックリ様を呼ぶ人の所へ行ったのよ。そして頼んでコックリ様を呼んでもらったのですよ」

コックリ様とは狐狗狸、つまり狐や天狗や狸のことを言う。こうしたケダモノによって占われる遊びが、流行っているそうだ。イトはこの田川市に来て初めて耳にした言葉であった。

「コックリ様って、それ一体何なの?」

「あのね、初め、コックリ様の好きな物をお供えするの。それから四方に箸を立ててロウソクをあげて、それからその前でイロハ四十八文字を書いた紙を広げるの。字の上に三本しばった箸を立て、コックリ様にお願いするの。『コックリ様、コックリ様。どうか町内の、金を盗った人の名前を知らせてください』と。そうしてその拝む人がその箸を三本の指で支えると、箸はひとりでに動き出すのよ。そりゃあ不思議なものよ」

「でもそれは人がその箸を操るのでしょう?」

「違うのよ、奥さん。コックリ様が乗り移らないときには、どんなに拝んだって箸は動かないのよ。でもコックリ様がおいでになったら箸は生物のように字の上を滑り出すのよ。そしてね、「エ、モ、ト」と一文字ずつ箸が指したのよ。私だって一度は疑って、もう一ぺんお願いをしたのよ。でも二度目もやはり『エ、モ、ト』と指したの。間違いありません。これは十中八九当たるのですからね。

　真犯人がわかった以上、細川さんがかわいそうです。人は皆あの人を疑っているのですからね。奥さんは日が浅いから何も知らないでしょうけれど、みんなはそう思っているのですよ」

竹田さんは続けて言う。

「細川さんは、『私は絶対に盗らない。私はみんなに疑われている。私の証を立ててくれ』と泣いてすがってきたのですよ。私が細川さんに、『江本さんが盗った』と教えてあげたわ。細川さんがかわいそうで一緒に泣きましたとも。このまま捨ててはおけません。私はきっと細川さんの証を立ててやらねばなりません」

イトは黙って聞いていた。

「奥さん、それでお願いです。今晩、町内の人に寄ってもらって話し合いたいのですが、私の家は三番方[九]です。あなたの家は二番方[一〇]ですから、すみませんが、奥さんの家を貸してください」

イトは承知した。そして竹田さんの帰られたあと、ほっと胸を撫でおろした。もしもコックリ様が「ウ、ツ、ノ、ミ、ヤ」と指したら、それこそ自分が火だるまとなっていただろう。

六時半に町内のみんながイトの家に集まってきた。新婚の家の中を、皆好奇の目をもっ

九　三番方…夜十時から朝六時までの勤務。
一〇　二番方…午後二時から夜十時までの勤務。

て眺めまわしている。すでに竹田さんの通報で、江本さん以外のみんなには事の顛末は知らされている。知らないのは当の江本さん一人であった。

その江本さんは、七時になっても姿を見せない。みんなは黙って待っていたが、その目は、やはりそうかという意図をもって光り、自然のうなずきがあった。

七時半、一時間もの遅刻をしてやっと風呂から上がった江本さんが来た。生まれて間もない赤ちゃんをきれいな風呂に入れたかったし、上の子どもがあとから来て世話をかけるし、なかなか忙しくて遅れてしまったと言う。この人のどこにも曇った影は見られなかった。

「どうした？　わかった？　誰だった？」

江本さんは無邪気に矢継ぎ早に問うた。みんなは無言のまま顔を見合わせた。やがて竹田さんがコックリ様の話をした。最後に、

「これは十中八九当たるのですよ」

と加えた。

「そのコックリ様が誰やと言うたの？　じらしなさんな」

竹田さんは今さら事の重大さに気づいたかのように唇をかむ。その場の十六の瞳が竹田さん一人に注がれた。竹田さんは今までの元気はどこへやら、やっと聞きとれるほどの小

さな声で、

「コックリ様は『エ、モ、ト』と言ったのよ」

竹田さんの「ほう」というため息が八人の耳に伝わった。江本さんは寝耳に水とばかりに驚いて飛び上がった。

「私は帰ります。お父ちゃんに言います。私は今が今まで細川さんとばかり思っとった。話し合いの時間に遅れたのは私が悪かったけれど、一番方[二]で帰った父ちゃんにご飯食べらしたり子どもを風呂に入れたりしとった。盗った人もどうせみんなはうすうすわかっとるし、そげえ私が一人遅うなってもみんなで話し合いよるやろうと思っとった。あんたたちは一時間もここで私を待っている間、私のことばかり話していたのやろう。私は父ちゃんに言う。すぐ父ちゃんを来らすからな」

江本さんは飛んで帰っていった。江本さんはイトとあまり年が違わない。先妻の子で六歳の女の子と、自分の赤子を抱えていた。江本さんの夫は年配の相当な人格者らしく、子どもをかわいがってほしいと言われて結婚したということを誰かに聞いていた。その夫、江本さんがイトの家に来た。

二　一番方…朝六時から午後二時までの勤務。

「江本という名前が出た以上、わしは許しません。コックリ様というものが信用できるのであれば、世の中には警察も探偵も何もいりません。わしはそのコックリ様を拝んだという人を名誉棄損で訴えます。そしてあなたたちも全員同罪です。この家から一歩も出ないでください。すぐに警察を呼んできます。派出所では物足りない、本署へすぐ連絡することにします」

この土壇場に至って誰ひとり一言も発しない。江本さんの鋭い眼は女八人の上に厳しく降り注いでいる。その時、イトに何かの思慮があったわけではない。この重大な時にただ何とかしなくては、と思う気持ちでいっぱいであった。

「待ってください。江本さん。私たちはコックリ様のことをそれほど思ってはいないのですよ」

「そうであれば、なぜに江本が金を盗ったと言うのです。このまま引っ込めばわずか七十円の金でも盗人という汚名はぬぐわれません」

今にも出ていこうとする江本さんにイトは必死に頼んだ。

「そうです。もっともなことです。あなたの家の名前が出たことについて、私にもこの家を貸したという重大な責任があります。あなたが警察に行く前に、私にこの家を貸したという責任を取らせてください。それからあとはあなたの好きなようにどこへなりと訴えてくださいﾠ」

何とか言わねばならぬという思いが先走り、イトは思いもよらぬ言葉を口走ってしまった。江本さんは黙って深くうなずいた。口調は強いが、その目には人のよいやわらかさが漂い始めている。

「ごもっともです。どういうふうに責任を取られるか、わしはここで見とりましょ」

江本さんはその場に腰を下ろされた。イトは二枚しかない座布団の一枚をすすめた。そしてみんなの方へ寄っていった。偉そうに思われるだろうか、若い者がと……。イトはそれを悲しく察知して、とりつく島を失って江本さんの方を振り返った。江本さんは握りこぶしを膝に置き、今や遅しと私の言葉を待っている。イトは今さら自分の出しゃばりに気づいた。誰ひとり助け船を出してはくれない。

でももうあとへは引けないのだ。イトはポツリポツリと思ったことを一生懸命に話した。

「どうでしょうか。なまじ警察に訴えられて罪人を出すより、今ここで、『私が借りました』と言っては。そうすれば恥は町内の人の中だけですみます。きっと江本さんも許してくださいます。事を荒立てぬためにも『私が借りました』と言う人はいませんか？」

何という下手な言葉だろう。自分でももどかしく思った。もっといい言葉がなぜ出ないのだろうか。『はい、私が借りました』と誰が言うものか。それがわかっていながら、次の言葉を口にしなくてはならない。泣きたいような気持ちであった。

「もしも一人もこの中から借りた人が出なければ、江本さんにすべてをお任せするしかありません」

誰ひとり口をきく者はなかった。イトの目はぐるりと一同を見まわし、細川さんの方にも向けられた。細川さんもイトの目を見た。目と目がかちあって、子どもを抱いた細川さんは悄然としてうつむき、そして小さな声で、

「私が盗ったことにしときます。そうしたら誰も罪を担がずにすむのですから」

と言った。沈黙があった。イトは少しじれったく思った。江本さんの手前もはっきりしなくてはすまされない。

「盗ったことにしときます。私はそんな言葉は嫌いです。借りたら借りた、また絶対に借りない。はっきりしてください」

イトの口から「盗った」という恐ろしい言葉はどうしても出せなかった。それはその人の人格を傷つけることになる、いやもっと大きなものがある。自分から人生最大の恥辱である罪な言葉を吐きたくなかった。

「そうよ、ここまで来て、あんたは自分で罪を担ぐことはないのよ。盗らんなら盗らんと、はっきり言いなさい。私はあんたのために今日の寄合を開いてあげたのよ。あんたが泣い

て自分ではない、証を立ててくれと言ったではないの」

竹田さんは、自分の立場を守るために、細川さんの返事が絶対に必要だった。

「そうですよ。今は半端なことでは収まりがつかないのです。江本さんは今すぐ警察へ行くと言っております。おそらく巡査がここへ来るでしょ」

イトの言葉は冷たいものに響いた。細川さんは声をあげて泣き出した。そして、

「私が盗りました。あの時配給物はほしいし、金はない。あれがあそこに掛っていて誰も見ていないし」

彼女は声を詰まらせた。一同は鼻白んだ。

「うちの父ちゃんに言わないでください」

泣き泣き細川さんが言う。これで十分である。これでわが家において起きた話合いの責任は取ったつもりである。

「江本さん、お聞きの通りです。あとはあなたにお任せします」

「いや、奥さん。わかれば私は何も申しません。江本という名が出たからには私も黙っていられませんでした。同じ町内の者ですよ。仲良くやっていきましょうよ。ただ私は、そのコックリ様を呼び寄せるという人に会ってひとつ話をしておきたいと思います」

そう言い残して、江本さん夫妻は帰っていった。

皆はほっとした。今さらながら、泣きじゃくっている細川さんを眺めた。だが、すでにいたわりの色こそあれ、先ほどまでの厳しさはもうなかった。誰もが細川さんの背にそっと手を当てて、席を立ち、そうしてそれぞれ家路に向かった。

押し迫った年の瀬に、一段落がついた。イトはこの炭鉱へ来る時のわずらわしい思いはなくなっていた。人間の真実に触れた思いがして、むしろすがすがしい気持ちであった。

イト（23歳）

昭和二十三年　神との取り引き

イトは臨月だった。イトの出産の世話のために、七月二十六日に雪子が智世を連れて田川にやってきた。リツの葬式の時にはやつれていた雪子も、何とか精気を取り戻したようだ。智世は黒く日焼けして元気そうだ。四畳半の部屋に荷物を置いて三人が座ると窮屈である。智世は草花を摘みに外に出た。雪子とイトはリツの形見の帯を広げながら、リツが眠るように亡くなった大寒の朝のことや葬式にきた親戚のこと、御殿山が高く売れた話などをして過ごしていた。

夕方からイトの頭が少し痛み出した。風邪をひいたようでもないし、熱もなかった。ただ雲の上にいるようでふわふわとして安定感がなかった。

「どのみちお産も近いのだから、明日は病院へ行って相談をしような」

雪子はそう言った。イトは痛い頭を抱えながら、雪子の夜具の世話を焼き、トランクに入れている出産用品を雪子に見てもらっていた。お金の用意は雪子がしてくれている。

床に就いてからも頭の痛みは治まらない。與八郎は一晩中枕元に座ってイトの首筋をさすっていた。十か月の赤ちゃんをお腹に入れている。そうやすやすと生まれることもあるまい。女の身体は誰でも子を産むようにできている、イトはそう言い聞かせた。

翌二十七日。イトは一睡もできなかった。そっと目を開け、あたりを見渡した。だが不思議とイトの目には何にも映らない。

「なぜだろう?」

目をこすってみたが白々としている。やがてだんだんと暗くなる。あたり一面が黒いベールに包まれていくようである。イトは驚いた。床の上に飛び起き、両手で顔を覆って叫んだ。

「目が見えない!　何も見えない!　ついさっきまで見えていたのに!」

その声で雪子も與八郎もイトのそばへ飛んでくる。

「イト、しっかりするんだよ。お母さんが見えるか?」

イトの手を取ってくれる雪子の姿も、

「イト、どうしたのか?」

と抱きしめる與八郎の姿も何一つ映らない。闇の世界であった。そして意識が次第に遠ざかっていく。おぼろげに立ち騒ぐ人の気配をはるか遠くに感じ取ったような気もする。

イトの病気は、あたかも雪子が来てくれるのを待っていたかのように、突然発した。

意識不明のイトは、担架に乗せられて病院へ運ばれた。雪子は取り急ぎ、便器、新聞紙、手ぬぐい、水枕等を包み、出産用品の入ったトランクを下げ、担架のあとを追った。

担架を担ぐ男四人はそのまま婦人科の外来へイトを担ぎ入れた。管で尿がとられる。

「腎臓です。近年にない患者ですよ。内診室へ運びたいのですが、さて、どうしようかな」

意識不明の患者を前に医者はしばし考えている。與八郎は何も躊躇もなく、

「私が連れていきます」

と言って、左手を妻の背に回し、右手でしっかりと支え、いとも軽々としかも大切そうに内診室へ運び入れる。居並ぶ人たちは、

「ほう」

と驚きの声を漏らした。十か月の身重の妻を躊躇なく持ち上げた男の勇気に驚いたか、その大力に目を見張ったか、それでも目が覚めぬイトに見入ったか、

「ほう」

という声は室内に大きく響いた。

「子痼です」

雪子はこの時まで「シカン」というお産の病気を知らなかった。

「気がついたのが遅くて……」

「いや、誰でもここまで大きくなって気がつくものです。早速産ませるようにします」

雪子は心配した。

「意識のない者に産む力があるでしょうか？」

「どうしてでも出さねばなりません。腹を切ることは容易なことではありません」

先生の言葉は絶対である。子を産ませるために、産道に二本の管を入れて注射が打たれた。

「上手くいけば今夜です」

あとは平然として、次の患者の診察に移る。初めて四国から九州へ来た雪子にとって、この先生の態度は冷徹そのものであった。導かれた病室は三人部屋で、その中のベッドにイトは移された。大きな三井病院であったが、この時にはまだ産室がなかった。

「絶対に頭を動かしてはいけません。それから音を避けなくてはなりません。また光を目に当てたら盲になります」

この三井田川病院は「銀座通り」と言われる賑やかな界隈にあり、病室にも町の賑やかな音が聞こえてくる。二人の同室の患者がいるから部屋を暗くするわけにはいかない。どうしようかと思う間もなく、與八郎はイトの頭を膝の間にしっかりと挟み込み、膝で耳をふさぎ、両手で肩を押さえた。雪子は番傘を広げてさして、娘の顔にかかる光線を避けた。

夜が来た。あまりに急なことであったため、誰も夜の用意をしてこなかった。雪子は智世に、

「智ちゃん、狭いこの病室で寝る所もないね。今夜一晩これに包まって、ベッドの下で横になって寝なさい」

と言って、一枚の毛布を智世の肩にかけてやった。だが、智世は、

「私はそんな乞食のような真似をして寝るのはいやです」

と言った。この声にイトの意識がふと戻った。顔に薄く紅がさしている。陣痛の苦しみからであろうか。

「イト、気は確かか?」

雪子はすぐにそう聞いた。

「目が見える。気も確か」

と、イトはしっかり答えた。けれど記憶にはまったく残っていない。イトは再び痙攣を起こして意識を失った。陣痛の苦しみに戻ったが、すぐにまた意識を失った。意識を失う

と雪子は口の中の杓子を口から外し、つばに濡れたガーゼを取り替えて、少しでも病人の負担を減らそうとした。だが、ガーゼを取り替える間もなく、次の痙攣が来た。與八郎は思わず両手をイトの口の中に入れる。だが意識を失った女は、遠慮なく、強い力で與八郎の手を噛んだ。與八郎は手から血を流しながら、ガーゼを巻いた杓子をまた口の中に入れる。この繰り返しだった。看護婦が注射を取りに詰所に走る。産婆さんは胎児の心音を聞く。


翌二十八日、回診の時間が来た。イトは内診室に移動させられた。鉗子が用意された。

「力を抜いて、力を抜いて。赤ちゃんの首がちぎれる」

医者の額から玉の脂汗が流れる。意識のないイトにいくら呼びかけても反応があるわけがない。やっとの思いで赤ちゃんの頭が出た。

「胴が切れる。胴が切れる。力を入れてはいけない！」

先生はイトに意識がないことを忘れて、一生懸命に叫んだ。

そうして、やっと産まれた。與八郎とイトの子ども、それは女の赤ちゃんであった。先生はすぐに赤ちゃんの足をもって、二度三度パンパンとたたいた。しかしすぐに、

「つまらん《だめだ》」

と言って産婆さんにそれを手渡した。産婆さんは赤ちゃんを湯につけ、胸に水を垂らし、

注射を打ち、あらゆる手当てを施してくれた。が、赤ちゃんが産声をあげることはなかった。先生はしばらくイトの顔を覗き込んで、

「もう痙攣の心配はありませんな」

と言った。口から杓子が外された。與八郎は、その時初めて便所へ立った。

イトは意識を失ったままである。イトの足元に寝かされていた赤ちゃんを、與八郎は初めて抱いた。成長の願いを込めてイトが縫った白ネルの着物が着せられた。産声は聞けなくても、初めて抱くわが子である。與八郎は十か月もの間、父となる日を夢見続けてきた。わが子を見る與八郎の目からほろほろと涙がこぼれ、嬰児の顔に落ちた。肉親の情に触れたこの瞬間に、嬰児の鼻から口から、血がわあっとにじみ出てきた。

悲しみのうちに與八郎と智世は、嬰児を抱いて病院からわが家に帰った。雪子によって美しくお化粧が施され、この子のために作られた小さなお布団に寝かされた。

「いとおしくて、いとおしくて、たまらない」

と、與八郎はつぶやく。

翌二十九日、妻の生死を案じつつも、町内の人たちの助けを借りて嬰児は荼毘に付され

た。ただの一度も母の胸を知らず、母に懐かしがる面影も残さずに。

「朝露嬰児」

これが戒名である。

雪子が肩先にジンとした重みを感じ、体のだるさに気づいたのは、イトの急病から三日が過ぎた日のことである。実に寝食を忘れた看護とは、このことをいうのであろう。與八郎も必死に闘ってくれた。雪子は與八郎のことをしきりに感心し、感謝していた。

「お前は痙攣と陣痛で苦しんでいた。先生は頭を動かしてはいけないけれど、どうしても動いてしまう。その時に與八郎は、迷わずお前の頭を両の膝に挟んだのだよ。私が心配したのは、もしも途中で與八郎が便所にでも行きたくなったらどうしよう、ということだった。でも與八郎は遂に、一度も一歩たりともピクリとも動かなかったのだよ。真っ青になったお前の顔をじっと飽きもせずに、よくもあんなに眺められるものだと思ったものよ」

雪子がわずかな隙を見てご飯を炊きに家に戻ると、ありがたいことに近所の誰かが野菜や魚の配給をちゃんと取ってくれていた。雪子は早速ご飯を炊いて病院へ飛んで戻った。

そんな毎日が一週間続いた。朦朧としながらもイトの意識が少しずつ蘇ってきた。イトには子どもを産んだ記憶は少しもない。けれどお腹が小さくなっている。そっと脇の方を手でさすって探ってみたが、子どもが寝ている様子はない。もう一度お腹を触ってみると、やはり小さくなっている。元気も気力もまだできていない。だがどうしても聞かねばならぬ。母がいてくれているのか、夫がいてくれているのか、二人ともそばにいてくれるのか、寝床の中から手を出して、そっと座布団をたたいてみた。

「気がついたか？」

すぐに雪子はイトの手をしっかり握って涙声で聞いた。

「イト、元気を出せよ」

と與八郎の声もする。

「コドモハ？」

言葉にならない最初の言葉であった。

「おお、元気にいるぞ、しっかりせいよ」

「うん」

やっとこれだけ返事するのが精いっぱいであった。（いつ産んだか知らないけれど、子どもは元気に生きているのだ）と知って、涙が流れて仕方なかった。

「子どものためにも生きて、親としての責任を果たさねばならんぞ」

與八郎は手ぬぐいで、涙でぬれた耳と枕をさすった。武骨ではあるが優しい愛情に触れた。

（ああ、私が元気になったら、今度こそきっと良い妻になります）

イトは改心して心の中でそうつぶやいた。

意識が戻ったとの知らせで、先生が回診に来た。脈をとり、目を開いてみてから、

「あまり話をしないように」

と注意して病室を出ていった。イトは目を閉じて考えた。

（私は盲になった。目の見えない私に赤ちゃんのお守りができるだろうか）

「・・・ナマエハ？」

「お母さんがいくこ、とつけてくれたよ。フクイクのイクの字を書くのだそうだ」

與八郎の声が聞こえた。

イトはまた目を閉じた。女の子なのだ。郁子、郁子、いい名前だ。見たい。抱きたい。

気持ちがもぞもぞした。雪子はイトの腕をさすりながら、與八郎に廊下に出るように目配せをした。病室の外で、雪子は與八郎に小声で抗議した。

「子どもは死んでいる。イトが元気になって真実がわかったらどうするつもりか？」

「お母さん、先生が言うとった。『もしも助かったとしても目も頭も元通りにはならん』と。俺はこのあてのない病人の最後の願いまでも奪いたくないのぞ。子どもが元気に生きているという希望があればイトも力づいて元気になるかもしれん。俺が責任を持つ。子ど

もはどこまでも生きていると言って聞かせてやんなさい」

雪子は黙ってうなずいた。そして二人は病室に戻った。


イトの意識の穏やかな回復は、電球の切れる前に明るさが一瞬だけ増すようなものだった、翌日には体中の激しい痛みに意識が遠のいた。脊髄が折れて砕けて飛び出すような痛みである。

「ああ、痛い、骨が砕ける。痛い、痛い。背中が痛い、背中が痛い」

先生は、

「脊髄炎になったかな」

と言われた。背中の激しい痛みは二、三日続き、やがて頭の激痛に変わっていった。

「頭が破れる。頭が痛い」

両手で頭を抱え込んだ。七転八倒の苦しみであった。どこまで深い谷へ落とすつもりなのか、次第に朦朧として、意識が遠のく。大きな川、住み慣れた草屋根の家が断片的に浮かんでは消える。懐かしい故郷、やさしい祖母、幼い時に死んだ祖父が目の前に立つ。ふと我に返り、何かにしっかりと掴まらなくては、と思う。生きねばならぬ、生きねばならんと思う。だが割れるような頭の痛みに、ついに意識を失ってしまった。

回診の時、先生は、

「脊髄から水を採って調べます」

と言った。

イトの身体はエビのように曲げられた。與八郎は頭と足をしっかりと押さえる。看護婦も背中を押さえた。先生は腰椎を撫でておられたが、やがて畳針ほどの大きくて太い針がイトの腰に打ち込まれた。

「ギイギイ」

それは何と形容したらよいか。頭の痛みに比べたら大したことはないが、それでも相当の痛みを伴った。脊髄の水はツツーーーと走るように細い試験管を瞬く間にいっぱいにした。

「ほう」

先生の口から驚きの声が漏れる。もう一本、また試験官が継ぎ足される。

「脳圧が高い。菌がおれば一〇〇パーセントだめですよ。結核や性病を患ったことはありませんか？」

雪子ははっとした。雪子は、イトが五年生の時に麻疹をこじらせて長い療養をしたという便りを、京城で受けとっている。また、十五歳の時、肺腺になり一年近く療養したこともある。雪子はそのことを先生に話した。先生は黙って聞いておられたが、大きくうなずいて病室を出られた。

病人というものほど気まぐれなものはない。イトは帰りたくて、帰りたくてたまらなくなってきた。無性に自分の家が恋しく、雪子に「帰りたい、帰りたい」とせがんだ。雪子は仕方なく、重い気持ちで先生にそのことを相談に行った。

「帰ったら死にますよ」

先生は言下に雪子を叱り飛ばした。

「はあ、すみません。よろしくお願いします」

雪子はしおしおと病室に帰ってきた。イトの手を取って、母は声を詰まらせて言った。

「イトや、早く元気になって帰ろうね」

元気にならなければ帰れない。帰りたい、帰る。この生命あるならば将来は一切の幸福を望みません。両手を胸の前に組んで一切の雑念から離れて、ただ生きたいと、一心に神々に祈った。頭が次第にぼんやりしてくる。おぼろに祖父の姿が浮かぶ。「おじいちゃん」と呼んで手を出すと、その手をしっかりと握りしめてくれた。「いけない！」とはっとしてその手を振りほどく。雪子がしっかりとイトの手を握りしめていることに気づき、ほっとする。このあたたかいぬくもりよ。

「お母さん、與八郎を今すぐ呼んできて。私はもう駄目かもしれない。お母さんが帰ってくるまではきっと大丈夫だから、早く、早く呼んできて」

それは真夜中の一時だった。雪子はこの町のことを知らない。夜の道を一人で歩いたこともない。炭鉱という黒い町は一人の人間をたやすく飲み込みそうだ。雪子は恐ろしさのあまり身がすくんだ。しかし一時の猶予もない。

「すぐ呼んでくるからね。気をしっかり持つんだよ。もし水が飲みたいと思ったら、ここにあるからな。いいか。ここだぞ」

雪子はイトの手を取って、急須に触らせた。ちょうどその時病室の電球が切れて、真っ暗闇になった。不吉な予感とともに、雪子を余計に恐怖に陥れた。雪子は同室の人に頼んで病室を出た。雪子は一目散に走った。足元すら見えない真っ暗な夜道である。遠くに見える焼場の、赤く燃える火が唯一の救いだった。コールタール池沿いの坂を上り、やっとの思いで家に転がりつき、與八郎をたたき起こす。

「すぐ準備してくるように！」

「智世はどうするか？」

ぐっすり眠っているのを起こすのもかわいそうだ。ましてイトの急病以来、智世もおちおち眠っていない。

「隣の池内さんに頼んでおこう。目が覚めたら池内さんの所に行かせるようにしよう」

「姉ちゃんがわるいから、兄さんはびょういんへ行きます。目がさめたら池内さんのところへ行きなさい。たのんであります。朝ごはんは、びょういんへ食べにきなさい。母」

雪子は鉛筆でそう書いて智世の枕元に置いた。與八郎は感心しながら眺めていた。

「字というものは便利なものだなあ。言わんでも寝ている者にもちゃんと通じるけん」

とつくづく感心していた。

夜中のことで池内さんにはお気の毒だったが、無理に起こして事情を話して、智世のことをくれぐれも頼んだ。そして大急ぎで與八郎と雪子が病院へ戻ってきた時、イトは眠りに落ちていた。しばらくしてイトは、ぼんやりと雪子と與八郎に両方からしっかりと手を握られている自分に気づく。

（そうだ、私は母に頼んで夫を呼んできてもらったのだった。早く何か言わなくてはならぬ）

口を動かそうとしたが、言葉は出てこなかった。與八郎はすぐに理解した。

「イト、安心するのだぞ。たとえお前に『万が一』という不幸があっても、俺は智世も家も捨てないぞ。むろん、お母さんも捨てないぞ。智世は俺が立派に育てて、人に後ろ指さされないようにするから。お前はただそのことを心配しているのだろう？　安心せえよ。

安心せえよ」

（ああ、どれほどその言葉が聞きたかっただろうか。これまで一生懸命がんばってきたのは一家に幸いを与えねばならないから。生涯の幸福と引き換えにしても生きねばと、それが私の重石だったのだ）

今の與八郎の一言で、イトは安堵の気持ちに包まれると同時に、急に睡魔が襲ってきた。

「ほう」と息をつき、その夜は深く眠った。

翌朝、医師の回診の時にもまだイトの意識はなかった。

「脳膜炎です。内科の院長先生にも診察をしていただきます。手当てとしては、脊髄から水をとることと頭を十分冷やすこと、それ以外にはありません」

先生は静かにそう言って病室を出られた。雪子は呆然としていた。隣のベッドの奥さんは、雪子とあまり年の違わない人だったが、その人が静かな声で、

「お母さん、私はあなたを見ていると、阿弥陀様のような気がします。よくもそれほどの看護ができますね。親なればこそですね。この先、もしものことがあって寂しくなったら、私の家は向金ですから、遊びに来てくださいね」

となぐさめてくれた。ちょうどその時、看護婦が、

「宇都宮さん、お部屋換わります。用意してください」

と言ってきた。看護婦は車の付いたベッドを病室の中へ引き入れ、イトが寝ているベッドの横に並べた。イトを敷布団ごと静かに車の付いたベッドに横滑りに移動させた。見事な所作だった。そして音一つ立てずに布団が揺れることもなく、ベッドは第二病棟の最後の病室に運ばれた。付添婦が休むためのベッドが置かれている。二畳の畳敷もあった。

(こんな部屋もあったのか。重病人の特別室であろうか)

雪子はガラス越しに外の景色を眺めた。緑の笹山に囲まれた三坑の「山の神」が祀られる神社と周囲の桜の木々が見えた。雪子は思った。

(どうなっても生きてさえいてくれたら。そしたらあの向山の静かな所で静養させよう。治してみせる。最後まで希望を捨てるものか)

看護婦が来て、窓に黒いカーテンをかけていった。入口の戸にも黒いカーテンが下ろされた。部屋は外界から一切を遮断された。そしてイトの目にも黒い布が巻かれた。

イトはぼーっとしていた。

(ここはあの世へ通じる道かしら。見たこともない草が地面一面に這っている。頭の痛みも肉体の感覚もない。寂しい小道か。夫が笑っている。赤ん坊が行く手で私を迎えている。

「まあ、あなた、こんなに濡れて、体に障るわ。たまには仕事を休んだら?」というと夫のたくましい腕が私をすり抜ける。「ああ、ババ、どこへ行くの？」と遠ざかる祖母を追う。ちぎれちぎれに脳裏に映っては消える人々の姿よ。）イトはぼんやり思う。（ああ、私は一人この道を行くんだな、この道は苦しみのない平坦な道なんだろうな）

医者は朝の回診以外にも、昼食後と自宅へ帰る前に、看護婦も連れずに、

「どうかね？」

と病室に来て、脈をとってくださるようになった。

ある時は夜の九時ごろに和服のまま来る。

「当直だからね。変わったことはないかね？」

雪子はこの先生に対して心から感謝と尊敬の念を抱いた。まるで神様のように後光がさしていると感じていた。しかしこの先生の熱意も雪子の看護もよそに、イトの病は日一日と重くなった。手の施しようもないままに夏休みが過ぎた。すべてに甲斐なく雪子の心労ばかり募った。

雪子は、吉田の役場と学校へ連絡をして智世の転校手続きを取った。そして御殿山を売って得たお金を下ろして智世の学用品と当座の着替えをそろえ、イトの入院に必要なものを計算して封筒に入れた。

そして、智世は田川小学校に転校し、イトの病室には長期入院にそなえて物が増えた。

この頃、イトは頭の痛みを訴えないし、うわごとも言わなくなっていた。後頭部から首筋にかけて左側が大きく腫れている。脊髄がやたらに大きく飛び出している。頭の中心から右に寄った部分が、片手を乗せているくらいに高くなっている。押さえると痛みがある。何を話してもわからない。ものを言ってもろれつが回らない。そして母の顔も夫の顔も、忘れてしまっていた。

「イトや、ご飯食べようか」

雪子はさじをイトの口に当てる。イトは反射的にポッと口を開け、雪子が作ったご飯を食べる。味は一切しない。

「今日の気分はどうだろう?」

医者は回診の時に母にこう尋ねるだけとなった。ときどき、首を持ち上げ、イトの目の前で人差し指を左右に動かしてみたり、あるいはイトの目をさっと突く真似をしてみせたりした。イトは瞬きもしなかった。今はただ生ける屍と化していた。

「助かりましょうか?」

雪子が問うが、今さらそんな言葉に意味はない。医者に問う前に、すでに家族がその覚悟をしていなければならない時なのだ。

「ふん」

と言って医者は出ていった。

その日はいくら待っても注射に来ない。雪子は診察室の先生のもとへ行って、注射を頼んだ。しばらくして看護婦が注射に来てくれた。だが翌日もまた注射に来なかった。

医者に見離されたのだろうか。雪子は医者に、最期まで手当てをしてくれるように懇願した。医者の回診は、黙って脈をとって帰るだけとなった。

向かいの病室に、妊娠九か月の女の人が入院した。破傷風らしい。ペニシリン注射は日本ではまだ使われていなかったが、一人の先生が、

「アメリカから帰った友達がペニシリンを持っています。もしよかったら頼んであげます」

と言われた。ペニシリンがなければ死ぬ病人である。その妊婦の夫は、金で命が助かるなら、とすがりついた。妊婦は何本かのペニシリンを打ってもらっていた。雪子は、イトも注射で助かるのであれば、たとえどんなに高くとも、この子のためにご先祖の遺産のすべてを売り払ってでも買うだろうと思った。しかしイトに効く薬や注射はまだなかった。

雪子と與八郎はただただ奇跡を祈った。

イトにまだ寿命が残っていたのか、雪子の切ない祈りが届いたのか、未来のすべてと引き換えた神との取引の結果なのか、イトは死ななかった。たぶん天の神様が、イトにしかできない仕事が残っていると、この世に下し賜ったのであろう。

今は十一月。この頃もまだイトはこの世とあの世を取りちがえていた。この世かあの世かわからない中にいた。しかし回診の時の先生の表情がまるで違ってきた。

「よくなってきたね」

ニコニコして言ってくださる先生に、雪子はただ深々と長い時間、頭を下げていた。この半年、一日何度もそっと覗きに来てくださった。憂いをいっぱいたたえて病室を出ていかれる先生の様子から、雪子にはイトの容態がわかる毎日であった。優しい言葉はなかったが、この医者は、生死の境をさまよったイトの上に、医を越えた神のご加護を下しおかれた。

「今日はもう一度水を採ります。そしたらもう採らんでもよいでしょう」

「ありがとうございます。お願いします」

三日に一度は脊髄から水を採っていた。それも今日限りで終わりなのだ。黒いカーテンが窓から取り払われた。氷嚢が除かれた。あとは氷枕が取れるだけだ。與八郎に話したら喜ぶことだろう、と雪子は思った。仕事にかけては「鬼」とまで言われた與八郎も、今は休みをとり、今日明日にも死にそうな重病人を看病し続けてくれた。病人が落ち着いたので、十二月からようやく仕事に行くことにした。

與八郎は、仕事が終わると毎日のように、疲れもいとわず病人の様子を見に来た。雪子は、イトの回復とともに、栄養に気を配るようになってきた。魚を料理して病院へ運んだり、根菜の煮物を作ってくる時もある。この日は、リンゴを擂って吸飲みに入れて、

「イトや、リンゴ汁を飲まないか?」

とイトの唇に当てた。イトは細くポッと口を開いてチュウチュウと飲んだ。そしてぽつりとつぶやいた。

「リンゴの匂いがする。酸っぱい」

「まあ、そうかい、匂うか、味もするか?　この頃はお前の言葉が聞き易くなってきたよ」

薄衣を剥ぐように、イトは回復していった。

そんなある日、與八郎が昼頃に来たのを見計らって、雪子は、

「少し起き上がってご飯を食べてみなさい」

と言った。與八郎がイトの背に手を入れて身を起こし、ベッドの上で後ろから抱くようにして支えた。入院以来、初めて頭を上げて座った。少しくらくらとした。雪子がイトの

手の中に茶碗を乗せ、箸を握らせた。イトは、少しずつご飯を口に運ぶ。しかし口ではなく、頬や鼻の上の方に当たってぼろぼろと食べこぼしてしまう。なかなか口へは入らない。それでも雪子は、嬉しくて、嬉しくて、腰かけている膝の震えが止まらなくて仕方がなかった。

ある日医者が、

「歩く稽古をしてごらん。ぼつぼつ足を慣らさんと歩けなくなりますよ」

と言った。だがイトは足を動かすことを極度に恐れた。與八郎がしっかりと後ろから支えてくれているけれど、足は薄氷を踏むようで、ガシャッと音を立てて底知れぬ沼に落ちていくような気がするのだ。それになによりも、イトの皮膚は敏感になっていた。触られると痛む、筋肉もバリバリと痛む。この痛みはこの頃になって感じ出したものである。掃除をするために窓を開けた時、外の冷たい空気が頬に当たる。それだけでも痛くて両手で顔を覆って苦しんだ。医者はそんなことにお構いなしに、

「歩く稽古をしなさい。寝たっきりでは体が動かなくなりますよ」

と言う。仕方なくイトは、母や夫に支えられてまた歩く稽古を始めた。

初日は五分間立ち、そして徐々に時間を増やして十分ほど立てるようになった。なかな

か前へ進めないが、十日も立つとやっと前に歩けるようになった。雪子に手を取られて便所へ行ってみた。入院以来、初めて長い廊下を歩くのであった。その恰好は、ヒナ鳥のように両手を横に伸ばして体の均衡を取りながらよちよちと不細工だった。後ろから雪子に抱かれている。

回診の時医者は、

「便所へ行く稽古をしなさい」

と言った。

「今朝行きました」

「そう、会わなかったね、ははは」

と笑って、医者は病室を出られた。この頃の先生はとても明るい笑顔をみせる。

そんなある日、

「便所へ行く」

とイトが言ったので、雪子は、

「そうかい、じゃあ、お前が便所へ着くまでには追いつくから、壁に伝わって先に行きよんなさい。ベッドの上を直してからすぐ行くから」

イトは壁に伝わって、まるで歩き始めた赤ちゃんのように暗闇の中を手探りで出かけた。

するとˆ、ドシン、と真正面に誰かがぶつかった。

「お母さん!!」

イトは叫んだ。雪子はすぐに飛んできた。

「私のこの目を見てください。私はめしいです」

と男の大きな声がする。この男の人の両目は白い包帯で何重にも巻かれている。雪子は、

「この子もめしいです。便所まで壁に伝わらせて、一人で行かせておりました」

「そうでしたか、すみません。私も一人で便所へ行っておりました。慣れとるもんですから。人がよけてくれると思うて、この板壁を伝わって歩いておったのです」

しょんぼりと謝るその炭鉱夫は、発破で両目を失い、永久に見ることはできない盲目の人であった。何とも痛々しくて、お互いに何とも言えない気の毒な気持ちになった。


朝の回診の時である。

「どうかね?　気分は」

「さあ、わからないけれど、いいようです」

「そうかね、ものを言うのがしっかりしてきたよ」

そしてまたある時は、イトの目を開いてみて、

「ふうん、べっぴんさんの目になりよる」

　この頃の先生はとてもご機嫌である。

　またある日、看護婦が来る。

「宇都宮さん、もう大丈夫ですよ。今でこそ言うけれど、あなたと、あなたの前の病室の破傷風の人ね、あの人もあわせて、『あの二人はもうつまらん《だめだ》』と先生はそう言っていたのよ。それがね、二人とも元気になって、先生はもう大喜びですよ」

　看護婦は帰っていった。その頃、イトの目に細い白い針が見える。

「何だろう、これ？」

　手でさっと払ってみたけれど、やはり目の前を動かない。日が過ぎて、やがてその目に映る針のようなものが、ゆらゆらとした水の上に浮かんだ、一本の大きな棒のような大きさになって見えた。だがイトはそれが何か気づかなかった。便所に行くにもご飯を食べるにも、絶えずつきまとうこの一筋の白いもの、それは雨戸を通してもれる隙間の灯りのように感じられた。

　ある日、イトは一生懸命に手を眺めた。遠くにかざしたり、近くにしたりしている、イトの手が宙を舞う。雪子はそれを哀しく見つめていた。雪子は、意識が徐々に回復するとともに目の見えないことに絶望を抱きはしないか、と心配していた。目が見えなくても幸

福に暮らせるということを言って聞かせなければならない、と考えていた。だが雪子のそうした心配を吹き飛ばすように、

「お母さん、私は目が見えるの、ほら、指が！」

遠くかざされたイトの左手の五本のうちの一本だけが網膜に映っている。細い指は、ゆらゆらと波の中に漂っているようだ。針の光、棒の光、雨戸から漏れる光はこの世の光だったのだ。雪子はあまりの感動に言葉が出ない。神というものをあまり考えない雪子が、その時ばかりは、

「ああ、神様のおかげだ。もったいない、もったいない」

と両手をすり合わせた。雪子の両眼から大粒の涙が流れた。

翌朝、回診の時、雪子はそのことを先生に話した。

「そうかね、そりゃあよかった。私が男前ならもっと早く見えるようになったんだろうになあ」

と冗談を言いながら、イトの目を開いてじっと食い入るように見つめておられた。

そしてやがて二月も終わりに近づいた二十五日、回診後に先生は、

「退院してもよろしい」

と厳かに言った。初診から七か月、死線を越えて、今ここに退院を迎える。この喜びは

雪子に言葉を忘れさせた。果たして何と言い表したらよかろうか、無言のまま、雪子は、ほとんど抜け落ちたイトの髪をそっとそっと撫でつけた。

イトの顔は白くあどけなく、ぼーっとしている。雪子は、四国から持ってきた赤い着物を着せ、白い足袋をはかせた。その姿は十六、十七歳のようであった。婦人科の診察室まで、雪子に手を取られて歩き、先生に長い間のお礼に行った。先生はこの時初めて人に接するような優しい声で、

「生きていることに感謝して、日々養生しなさい。決して焦ってはいけませんよ」

それはイトにというよりも、雪子に向かって言っている言葉であった。雪子は先生が、

「よくもここまで治ってくれました」と言っているのであろうと読み取った。雪子は深く頭を下げた。おそらく雪子の五十年の生涯のうち、この時ほど深く感動したことはなかろう。

病室で休んでいると、與八郎が迎えに来た。

「先生が目に光を当ててはいけないというので、これを買ってきた」

與八郎がポケットから箱を出した。開いてみると、紫外線を避ける眼鏡であった。與八郎はイトの目にそっとかけてくれた。一筋の、ただ一筋の細い光をいたわるように。

「まあイト、とてもきれいだよ。色白い顔に、焦げ茶色の眼鏡、ふちも上等なものだ。こ

れは高かっただろう」

「なあに、安いことだ。さあ、帰ろうか」

イトは與八郎の腕の中に軽々と抱かれた。外気に当てぬように毛布ですっぽり包まれて、病室をあとにした。

昭和三十一年　ボタ山のある町（二）落盤事故

今日は元日。與八郎は朝から仕事に行く。正月三が日に出勤した者には出炭奨励金が出る。與八郎は二日も三日も出勤した。仕事から帰った與八郎は言う。

「俺は出炭奨励金が欲しくてお正月早々から坑内へ降りるのではないぞ。地の底は一日一日変わる。一日放っておくと上圧がきて、天盤が乱れ、落盤があるんだ。そうなると会社には大変な損失だし、俺たちもボタを片付けるのに手いっぱいで仕事ができん。俺は金も欲しいが、まず働きいい職場にするために入坑するのだ」

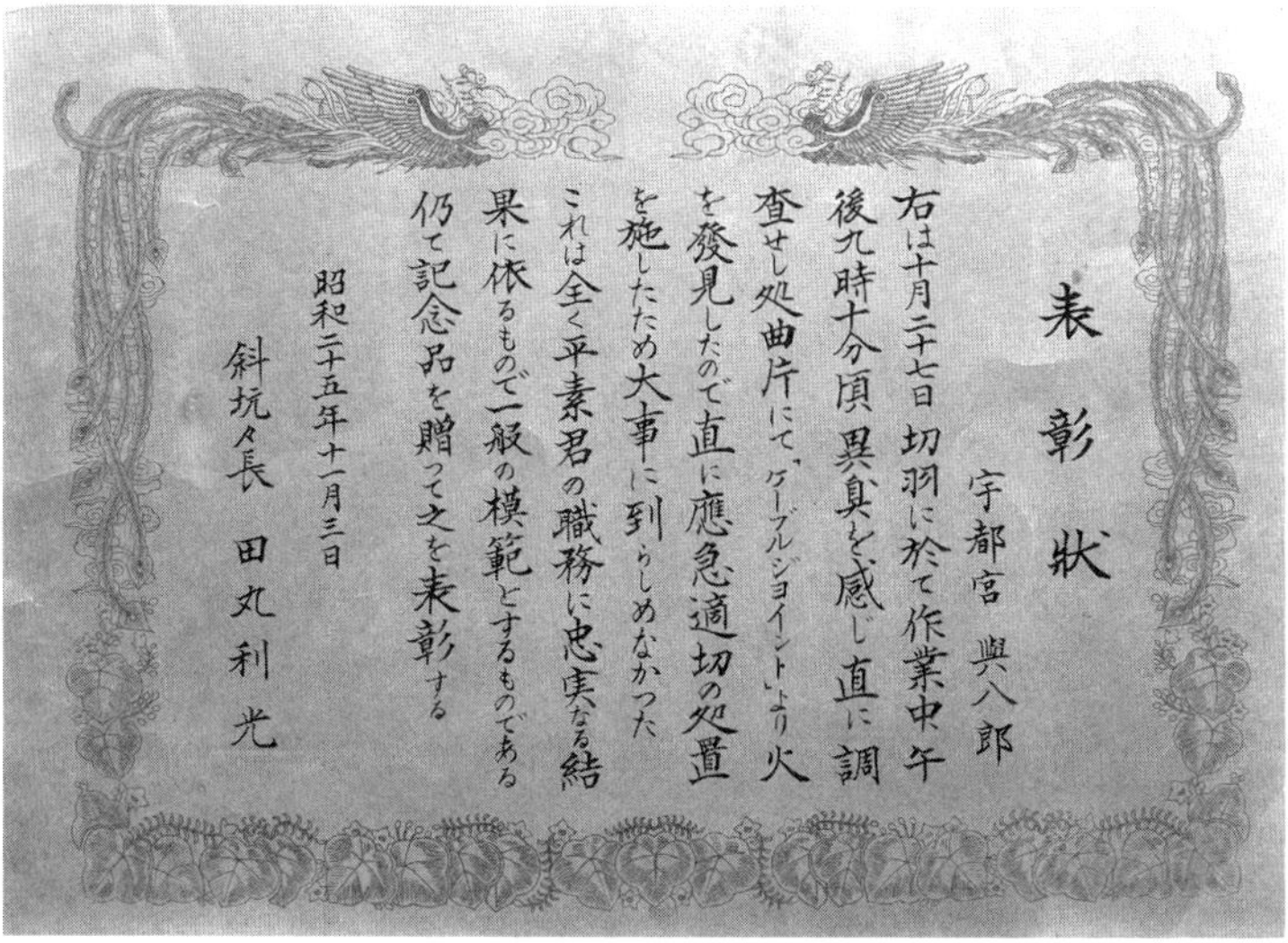
表彰状
宇都宮　與八郎
右は十月二十七日切羽に於て作業中午
後九時十分頃異臭を感じ直に調
査せし処曲片にて、ケーブルジョイントより火
を發見したので直に應急適切の処置
を施したため大事に到らしめなかつた
これは全く平素君の職務に忠実なる結
果に依るもので一般の模範とするものである
仍て記念品を贈って之を表彰する
昭和二十五年十一月三日
斜坑々長　田丸利光

炭鉱事故を未然に防いだとして表彰されている（毛筆・手書き）

與八郎のこの言葉はそのままに理解できた。炭鉱は常に事故と隣り合わせ[二二]なのだ。このあいだも一番方の夜の九時頃に、與八郎はケーブルか何かが燃える臭いをかぎとったという。與八郎が言うには、坑内は切羽、坑道、機械室すべて通気されており、酸素の供給は十分である。坑内での出火は大惨事に直結する。火が起こればたちまち大きくなり、発生

二二　炭鉱事故：田川市石炭・歴史博物館の資料によると、明治三十二年から昭和五十九年までの八十六年間で、日本の炭鉱事故の死者数は四万八〇六七人に上る。例えば、年間最大出炭量（五六二二万三三二四トン）を記録した昭和十五年の炭鉱災害は実に八万五六六二回、死者数は一三五七人に及んだという。

した煙や有毒ガスは風下に走る。避難が遅れたらその先の抗夫の命はひとたまりもない。與八郎はぐっと腰をかがめ、全身の神経を集中させ、臭いのもとを探った。片盤は炭層に沿って掘られている。レールを敷設してある曲片《かねかた》一三で、わずかな煙を発見した。ケーブルのつなぎ目だった。與八郎はすぐに処置をして大事故を防いだそうだ。だがそんなことは與八郎にとってありふれた日常茶飯事なのだ。

イトは、地下三千尺の抗底で働く與八郎の安全を祈願して、初詣に山の神一四の石段を上った。手を合わせて拝みながら、與八郎が山の神に愛されていることを思った。山を愛する心と與八郎の肉体と地底の息吹が響き合っているようだ。與八郎はこれまで何度も落盤事故を直前に察知して仲間を守ってきた。與八郎が天から授けられた唯一の能力はこの超能力的な勘である。天性の勘の良さは仲間も認めるものだ。與八郎と働く者は安心していられるという話を聞く。イトは、與八郎が自分の持てるものを活かして人一倍純粋に働く人であることは、人間最大の価値だと、認めるようになっていた。

一三　曲片…片盤坑道で、炭層が曲がった所は坑道も曲がって掘られたので、曲片と言われた。
一四　山の神…日本神話においてイザナギとイザナミの子である「オオヤマツミ」を「大いなる山の神」として主祭神にしているのが大山祇《おおやまづみ》神社である。全国に大山祇信仰はあるが、田川の大山祇神社は、山の神を鉱山＝炭鉱の神として、炭鉱関係者の信仰を集めている。

二月十日、灰色の空から小雪がちらつき、寒気が身に染みる日であった。この日は二番方である。與八郎は昼ごろに半そでシャツ、半ズボンに着替え、手甲、脚絆をつけ、地下足袋を履き、保安帽をかぶった。この作業着姿は、どんな立派な洋服姿よりも似合った。イトは、出勤する夫にいつものごとく、安全の祈りを込めて差し出す。

「はい、手ぬぐい」

「はい、たばこ」

與八郎は、手拭いを首にかけ、煙草をさもおいしそうに喫《の》んでいたが、やがて吸殻を灰皿に収め、つと立ち上がった。そして大きな息を胸いっぱいに吸い込んだ。冷たい空気の心地よさは、坑内でガスと炭塵にまみれる者のみ味わえる醍醐味であろう。

與八郎は、下り道を足どり軽く、繰込場《くりこみば》一五に向かう。肩につるした弁当袋がゆらゆら揺れている。

この日、與八郎は五時頃に突然帰ってきた。

「おい、たばこ」

一五　繰込場…坑夫に仕事を割り当て指示する場所。

與八郎の様子がいつもと違う。

「どうしたの？」

與八郎は一息ついてから、

「おやじが死んだ……」

と言った。

「おやじ…が死んだって？」

「迫さんが死んだのだ」

「まあ！」

イトはしばらく言葉も出なかった。迫さんとは、職場の責任者で、「おやじ、おやじ」とみんなから慕われ、尊敬される人だった。特に與八郎の仕事ぶりを認めてくれ、かわいがってくれた人であった。

炭鉱は危険な所だということは知っている。他の産業と異なり、石炭採掘の主体は地下で、安全灯（キャップランプ）を頼りに働くのである。落盤、ガス爆発、自然発火、出水のような災害が多い。イトはあまりにも恐ろしくなって震えがきた。一瞬で夫を、父を、わが子を失った家族の悲しみが押し寄せた。同時に、死の宣告を感じ取った瞬間の男の恐怖を感じ取った。一瞬に、妻の名を、子の名を、最愛の人の名を叫んだことであろう。

迫さんが死なねばならなかった職場の現状を知らねばならないという衝動にかられ、イトは夫の膝をゆすぶった。

「ね、話して。迫さんが死んだ時の様子を。坑内ってどういう所なのかを」

高い焼瓦壁に囲まれている三井田川鉱業所の正面には、「ごくろうさん」と書いた文字も大きく正門が開かれている。守衛が、

「やあ、ごくろうさん」

と、出勤する人一人ひとりに笑顔で言葉をかければ、

「ごくろうさん」

と、同じ言葉を返して、お互いの労をねぎらう。地上と地下を結ぶ出勤時の光景である。向こうにある古い大きい建物は星霜この方、幾万の同胞の名前を記録している事務所、そして正門の左の方に繰込場がある。人々は繰込場で仕事の指示を受け、安全灯をキャップに付ける。

繰込場では、迫責任がすでに伝票を整理していた。二月十日の入坑を印す丸いスタンプが見える。人々は、

「ごくろうさん」

と大きく呼びかけ、ストーブの方へ歩いていく。北風がガラス戸をたたく。この殺風景な繰込場で、ストーブの周りに人が集まる。

「今日は六人か、皆休むんだなあ」

「何と言うても天井[一六]が悪いけん、皆出たくないわな」

トラックが一台、坑木《こうぼく》[一七]を下ろして走り去っていく。この寒さが、遠方の通勤者の出足を鈍らせるのだ。それとなく皆の話を聞きながら、與八郎は明るく言った。

「休む者には金があるんだ、金のないわしらは働かにゃ食えんぞ。さあ、みんな行こうぜ」

炭鉱マンの親密な心の触れ合いである。

寮生は三日働けば一か月の食にありつける
坑夫暮らしは一週間　親子三人寝て暮らす

昔はよくこう言ったものだという。それは決して仕事への怠慢さを言うのではない。命

一六　天井…坑内で頭より高い場所のことをいう。
一七　坑木…松の木を主とする坑内用材木のこと。

を愛おしむ者の、地底に対するせめてもの抵抗ではなかったか。

六人はそれぞれに袋を肩に坑口《こうぐち》[一八]に向かっていった。皆、早く暖かい坑内へ辿りつこうと急ぎ足になる。

斜坑《しゃこう》[一九]にぽっかりと開いた大きな坑口、炭車も人車も、何千人の人をも一気に飲み込むにふさわしい威容を見せている。炭車が石炭を満載してひっきりなしに昇坑する。彼らはやがて十三両の連結電車に乗り込んだ。発車のベルが長々と響きわたる。ごおーっと滑るように一気に下りていく。坑内に下りるにしたがって、車の響きもすさまじくなり、坑内特有の暖かい風が漂ってくる。やがて電車は地下三千尺の坑底へ飲み込まれる。採炭夫たちは身一つで、男の心を削る嶮しい世界に入るのである。

広い坑道の真ん中を走る二本の線路、停車場は赤い電灯で照らされ、何十人でも座れるベンチが岩壁に沿って並び、保線夫が絶えず線路を行き交いしている。

電灯が明るく隅々まで照らしているのも、地底でしか味わえない、不思議な魅力である。だが、ここはどこまでも本線でしかない。やがて彼らは今日一日の安全を祈りつつ、竹谷

一八　坑口…坑内への入口のこと。

一九　斜坑…坑口から地下へ斜めに掘った坑道のこと。

層左三十九肩、各自の切羽《きりは》二〇の坑道を急いだ。

　両側の炭壁からは水がしたたり落ちている。ゴブゴブとこぐような泥水が足元を流れ、滑り止めに梯子が置いてある。もはやここでは電灯は点いていない。キャップランプ一つが頼りである。しばらくそうした中を歩いていくと、やがて一同は、大きな横木を打ち付けた扉にたどり着く。その扉を開いて中に這い入ると、そこは天盤が真横に張られている。一日の仕事道具を置く場所で、細長い一つの部屋という感じである。與八郎も他の人も道具番人から、ツルハシ、スコップを受け取り、次の扉を押す。そこは蒸し暑くて、ものすごい扇風機の音が響いている。天盤に張った板の隙間から石炭が光って見える。この扉は、現場で働く人々に地上から送る新鮮な空気が他に流れ出ぬよう、三つの扉に仕切られた通気口という。三度目の扉を開いて彼らは切羽に着くのだった。

　むっと鼻に来る息苦しい臭い。しかしそれもほんのしばらくのことで、やがて自らの肉体は地底にすべて溶けてしまうかのような感覚になる。扇風機の音はさっきよりもっと激しさを増す。額から、背中から、体中から、じっとりと汗が流れ落ちる。日に何度も作業着を絞らないといけないほどの汗をかく。

二〇　切羽…採掘や坑道掘進する坑内の作業現場のこと。

　ここは、音も色も臭いも光も、一切が地上から遮断されている場所である。生活のために働く人々のたくましさがある。孔刳《あなくり》［二一］作業をしている切羽では、炭塵のもやの中で、キャップランプの灯りだけが鈍くぼやけて見えている。男たちは炭の屑にまみれ、炭壁に光る黒ダイヤを見つめ、盤の硬さを確かめる。

　迫責任は、切羽の様子を見廻した。天盤は乱れ、網の目のように炭肌は割れている。無機質な圧迫感が感じられる。それは五十年の歴史を保つこの山の姿である。迫責任は、少し離れた所で、やはり天上の一角をにらんでいる若い係員に呼び掛けた。

「これじゃあ、あぶなくて先山《さきやま》［二二］は入れんですなあ」

「一番方が大丈夫と言って炭を積んでいる。二番方が積めんはずがなかろう」

　係員は、迫責任の心配げな言葉をはねつけて言った。係員は何人かの部下を従えて入坑した以上、その日の出炭量が両肩に重くのしかかっている。自分の将来にも影響する。

「俺は係員で、お前たちを使う立場だ」という、係員の中にある潜在意識が言葉となり、態度となって、坑夫の上に冷たい影を映す。

二一　孔刳…爆薬を装填する孔を掘る作業のこと。
二二　先山…直接石炭の採掘に従事する労働者のこと。熟練の坑夫をいう。

（だが山は生きているのだ、まして危険の多い炭柱払いである。この係員は鉱山の経験は浅い、自分には三十一年の経験がある）。そう思ってもただ空しい。迫責任はため息を呑み込み、「まずは怪我人を一人も出さないことだ」とつぶやく。迫責任は穏やかに言った。

「今日一月四日でまた地底も変わる」

我とわが身に言い聞かせつつ、あとに従えた六人の先山を振り返った。感情を目と目で交わす一瞬、危険な場所でともに働く者に相通ずる何ものかが流れる。バラッバラッと小石をばらまくような音が響く。今日はなぜか言い知れぬ不安が皆の胸にあった。責任の次の言葉を、息をのんで待った。

しばらくして、天盤の一角に向けていた安全灯を、責任は六人の先山に向けた。

「それじゃあ、みんな気をつけてやってくれよ。宇都宮、先に運転をつけてくれ」

「はい、わかりました」

「充分気をつけてくれよ」

重ねて言う責任の言葉をあとに、與八郎は先に現場に入った。天井を見上げる。ツルハシの先でコツコツと天井を突くと、バラバラ、ザアーと小炭が落ちる。

「ようし、この程度ならよかろう」

與八郎は重圧のために軋んだ梁を左手で支え、右手で柱を入れ、がっちりと噛ませた。

また斜めに梁を張り、いささかの危険にも備えてしっかりと柱を入れた。そして最後にエンジンの固定柱を打ちかえた。方向を完全にしてスリップ止めをする。

坑内の採掘にともなって刻々と変化する条件の中で、今の状態を的確に突き止め、適切な手段で行わなければならぬのだ。

「これで大丈夫だ」

與八郎は自信をもって試運転のためスイッチを入れた。

ブーーーッ、坑底をゆるがす音響、與八郎の目は、瞬間天盤に注がれ、やがて何十枠もトンネルの如く連なっている柱に移る。

「異常なし、運転中止！」

「さあさあ、仕事だ」

先山も後山《あとやま》二三も一斉にトラックの前に銘々の位置を陣取っていく。大型炭車が次々に入ってくる。男たちは汗をぬぐい、掘り出す黒ダイヤに明るい明日を見出している。

「おーい、箱もはまったぞー」

與八郎は大声で叫んで、最後の炭車を取りに本線に向かっていった。その後、迫責任は

二三　後山…先山より経験の浅い抗夫で、積込運搬などを行う。

エンジンの場所へ行き、本運転のためスイッチを入れた。

ゴーダダダダッ

エンジンのひっしゃくる音、ハッとして身を引いた迫責任の身体は、次の瞬間一歩前にのめってスリップする。エンジンのスイッチを夢中で切った。だが時すでに遅く、エンジンが本線を一枠こき倒した。

ドンドンザー

鼓膜をつんざくような、不気味な山鳴りがし、一瞬でエンジンの前に立つキャップランプの灯を消した。圧風がトラフの前に立つ五人の身体を揺さぶった。

息詰まるこの恐怖。

おそらく迫責任はこの時、奥に運んだ先山の安否を気遣ったことであろう。

ジンと、全員の頭に炭がかかる。六つの灯が一斉にエンジンの固定柱の方に注がれた。

スコップを握る音、ツルハシを振る者、すべての人が、そっと腋の下に手を入れて、今自分が生きていることを感じていた。

その時、與八郎は、今の落盤の音を離れて聞いてはいたが、自分の切羽に変わったことはないと信じていた。箱を押しながら現場に帰ってきた與八郎は、茫然と突っ立っている二人の仕繰夫《しくりふ》[二四]をそこに見た。

「宇都宮さん、大変だ、大変だ」

先山の一人、山田が走ってくる。

「どうしたのか」

安全灯に照らし出された山田の顔色は土のようで、身体はガクガクと震え、歯の根も合わず、魂の抜けた人のようで不気味であった。

「誰か、いかった。誰か、いかった」

しどろもどろに言う山田さんは一生懸命なのだ。

「いかったら、なぜ掘らんのだ。誰がいかったんか?」

「おやじらしいんだ」

二四　仕繰夫…断面が縮小したり変形した坑道をもとの高さ・広さまで修復する抗夫。天井を切り上げたり、側壁を切り広げたり、壁打ちをする。

「このまぬけめ！　なぜはっきりせんのだ！」

與八郎は大声で怒鳴りつけ、すぐさま切羽にかけ走った。そして奥へ向かって、

「おーい、おやじはおるか？　迫さん！」

太平洋の荒波にもまれて育った與八郎の声は大きく、よく通る。

「ここにはおらんぞ！」

という悲しい返事が返ってきた。嗚咽まで出かかった。次の叫びをぐっと飲み込んで、與八郎は今の落盤の跡のボタを二つ三つはねのけ、トラフ坑道をのぞいてみた。果たせるかな、そこに保安帽が痛ましく転がっていた。

「ここだ、ここだ！　おーい、みんなここを掘れ！」

だが、誰一人動こうとしない。この危険な仕事に、自ら身を投ずるものはない。日ごろから坑内の危険さは肝にしみている。それに今まさに死の宣告があった恐怖が彼らを立ち尽くさせた。

「何をうろうろしとるんだ、掘らんか！」

人々はその声にやっと我に返り、ツルハシを取り上げた。まだ天盤も危ない。のしかかるような重圧を身に感じつつ、彼らは手から血を流し、生爪をはがしながら必死に小ボタをかき分けた。

やがてスイッチのハンドルにもたれて丸くなった責任の身体が、ボタの中から現れた。一同はハッとして固唾を呑んだ。次の瞬間、放心したようにガクリと肩を落として、引きずり出した責任の姿に見入った。

徳さんはそっとそばに寄ってきて與八郎の肩をたたき、責任の身体を膝の上に抱いた。徳さんは、あと三年で定年になる人で、この重大な中でも落ち着いて静かに行動に移していった。我を取り戻して、一同は思い思いの体勢に身を置いて、しみじみと責任の顔に見入った。

目は固くつぶられている。顔にはかすり傷一つない。その顔に恐怖の色はみじんもない。むしろ六人の先山の生命にかかわるエンジンのスイッチを切り終えた、鉱山《ヤマ》の男の安らぎを見た。

（おやじ、迫さん！）

與八郎は叫んだが、胸がつかえてどうしても声となって出てこなかった。作業着のボタンを外す手が震えるのをどうすることもできない。責任の作業着の胸を開いて心臓に耳を当ててみた。まだ温かい。その肌から命のかけらでも掻き寄せる思いでいっぱいであった。ただ責任の胸ポケットに入れていた懐中時計のみが、切なくコチコチと時を刻んでいた。

「だめ、だった…のか？」

係員の声もうわずっている。これだけ言うのがやっとであった。

與八郎は振り返って、

「まだ手が一方嵌まっております」

と言えば、

「一緒に、体につけてあげてください」

係員が言った。與八郎は立ち上がってコツコツと掘り始めた。

もはや急ぐことはないのだ。

死は人生の終わりなのだ。

先ほどあれほど急いで身体を掘り出したのは、生きていると信じたから、せめて息あるうちに一声なりと奇跡を願ったから。しかし今、徳さんに抱かれているのは永遠の寝顔である。張り詰めた心もくじけ、ただコツコツと振るツルハシに、一滴二滴と涙が落ちる。穂先の手元を狂わされる。淋しさが一気に込み上げてくる。

本当に人の命ほどはかないものはあろうか。思いは徳さんとても同じであろう。「三羽烏」と言われた迫さん、徳さん、與八郎はどこへ行くにしても一緒だった。切っても切れない仲だった。

落盤後わずか十分で体を掘り出したのに、それから十五分もかけてやっと片手を掘り出した。腰を伸ばしてあたりを見渡すと、徳さん以外には誰もいない。男一人の命を飲み込んだ山は何事もなかったかの如く収まっている。いつもの山鳴りがうつろな坑内にこだましているのみである。冷たくなっていく死骸を抱いている與八郎は、悔しさに唇をかんで涙を流した。坑内で働くすべての人の家族が、妻や子や兄弟が、日夜どれほど安全を祈っていることか。與八郎は運命の非情さを心から呪った。いかなる理性も無力であった。

徳さんは彼らしく、穏やかに、

「運命なのだ。どんな人間でも水の流れに逆らうことはできんのだ」

と、誰にともなくつぶやいている。

二人の仕繰夫が切上《きりあげ》[二五]作業をした時にエンジンの固定柱を緩めたことが、この悲劇を生んだとわかった。

（仕繰夫は採炭夫が出炭できるように坑道の点検補修作業をしようとした。それを仕事として入坑している。だからこの二人を責めてすむものではない。ただ、採炭夫と仕繰夫がなぜ一緒に仕事をしているのだ。採炭を急かせるから悲劇が絶えないのだ）

「俺は採炭夫として、鉱山の安全のためにこのようなことが二度と起こらないように誓っ

二五　切上…重圧で低くなった天井の枠を元の高さに仕繰ること。

て努力する」

與八郎は迫の亡骸に向かってつぶやいた。

やがて、坑外から入坑してきた係長が、四人の先山とともに足早にやってきた。赤い灯が係長、青い灯が係員、四つの灯が先山だ。係長は、大股に遺体に近づいて小腰をかがめ、じっと迫責任の顔を見つめた。誰もが皆無言である。恐怖からまだ脱しきれていない。係長はしばらく合掌して、四人の先山を振り返った。先山たちはすぐ担架を遺体の前に運んだ。係長がそっと遺体の頭を持ち上げた。徳さんは迫責任の両手を胸の前に組ませ、與八郎は黙って足を持ち上げ、担架へ運んだ。係員がタオルを顔にかぶせ、毛布を遺体の上に乗せた。

係長と與八郎は担架を持ち上げた。すべては無言の中で事は運ばれていく。

「さあ、おやじ、帰るんですよ」

生ける人にもの言う如く、與八郎は迫にささやいた。與八郎にとって迫は、仕事の上では先輩であり、社会に出ては後輩であり、酒酌み交わすよき友であった。懐かしい思い出が走馬灯のように現れては消えた。係長は五、六歩進んでから、徳さんの前で止まった。徳さんも底知れぬ寂しさの中で涙していた。

二月十日という日は、生涯忘れることのできない日となった。與八郎はトボトボと担架の後ろを担いでいく。停車場までの道、歩みを運ぶ係長と四人の部下は、迫の魂を地下に残さぬよう、迫の遺体に向かって、「地上に上がるぞ」とかわるがわるに声をかけていた。

昭和三十二年　ボタ山のある町（三）伊加利《いかり》抗へ

三井炭鉱新台町、眼下に田川市を一望し、英彦山《ひこさん》川の緩き流れをはるかに眺め、成道寺の苔生す屋根に昔の遺跡を偲ばせつつ、ここは、生活の流れからは切り離され、大木に守られて生きるかのようなのんびりとした炭住街であった。そしてその日も小雪混じりの寒空に今日もトロッコはボタ山に登っていく。

ゴットン、ゴットン、ゴットン。

単調なリズムに合わせて、昼夜の区別なく運ばれていく。トロッコの響きは山の安全を人々の胸に呼び掛けていた。

ついこの間まで、組合は自分たちの組合だった。日々の悩みごとや会社への不満を打ち明け、住みよい社会を作るための気持ちのよい組合だった。組合員も自分の組合として育ててきた。しかしこの頃は、組合と自分たちとの間に大きな壁ができてきたようだ。今や組合は一つの大きなボスであり、無能な組合員を弾圧しているように見える。今まで三池の組合だけがそうした組合だと思っていたが、今度の闘争でやはり田川も三池の兄弟であることを知らされた。炭労全員が命を懸けて働いた金は稼ぎ高に応じて棒引きされ、それについて意見を申し述べれば、たちまち会場から連れ出され会社を首になる。睨みをきかせており、たえず多数決を取る。言葉に強みを利かせ、

「ご協力ありがとうございました。なにとぞ我々兄弟三池を助けて、ただただこの闘いに勝ちましょう」

とマイクが叫ぶ。これが今の田川の姿である。いかに心の中で反感を持っても、力のない組合員は黙って、これについていくしかないと苦しい生活の中であきらめている。

今日の與八郎は、二番手で出勤する。作業着に着替えながらしみじみとして、

「もう今月いっぱいで、この鉱山ともお別れだ。来月からは伊加利の方に行くんだが、二十年も一つの鉱山で仕事をしていて、急にあっちの方に行くとなると、今までの住み慣れた故郷を捨てるようで、何とも言えん寂しい気がしてなあ」

その声は日頃の気が強い彼の言葉とは思えない。情緒にあふれていた。英彦山川の流れに沿って育った川筋気質に、こんな殊勝な気持ちが育っていようとは。あと二十日で廃山と化す斜抗に愛別離苦の情を感じつつも、新坑伊加利に対しての期待と一抹の不安とが彼の胸に交錯していたのであった。

廃山といっても大鉱山の廃坑は掘ればまだまだ炭の底は尽きない。やがては中小企業や何々組という請負師の手によって、これから先何年か、いや何十年か掘り出されていくことであろう。

「でもここは廃抗となっても、二十何年もの間、あなたは確かにここで働いてきた。鉱山の記録は残るから。伊加利に行ったら、あなたの長年の体験を十分に活かしてちょうだい」

大鉱山といっても地の底、「今日が最後だ」と覚悟をしながら入坑してきた過去二十年。怪我らしい怪我もせず、今は三人の子の父となり、わが家を守る立派な一城の主である。イトも鉱夫の妻となって十年。トロッコの音も巻場の響きも耳につかなくなり、夫の仕事に対しても理解できるようになった。この頃のイトは手ぬぐいを渡しながら、

「さあ、身体に気をつけていってらっしゃい」

と、二歳の一世を抱き上げ、手を振って見せる。

「父ちゃん、タバコ」

「父ちゃん、マッチ」

いつもの通りである。修やマドカがかわいい手で差し出すタバコを受け取って、與八郎はゆっくりと吸った。

「大きくなれよ」

いつものことながら、與八郎はマドカのおかっぱ頭に手を置いて言う。この子たちが大きくなった時の、新しい時代が輝かしく與八郎の脳裏を走る。子どもたちの無邪気な笑顔に見送られながら、口にくわえた煙草を揉み消し、大きな息を胸いっぱいに吸い込んだ。

遠く近くにボタ山が見える。伊加利立坑は昭和三十年に誕生したばかりだ。三井田川鉱業がさらに深部へと掘削をするためだ。五二メートルの立坑櫓は、「東洋一」とたたえられた。これが地下七〇〇メートルまで人を飲み込む装置だ。二本の巨大な煙突が青空に吸い込まれそうだ。

昭和三十四年　ボタ山のある町（四）斜陽

昭和三十四年三月二十日、ストライキに出かけるために、イトは新たに縫ったエプロンを着けた。この頃毎日のように町内から数名がかり出されている。

八月は給料の五〇パーセントしかもらえなかった。残りは来月十五日にもらうことになる。九月分は、八月分を払ったあとに支給日が決まる。あまり赤字が続くので、三井の大きな会社が炭鉱を孤立させたという話を聞いた。田川は田川だけでやっていくようになって、地区ごとの鉱山はその利益で鉱業所を立て、抗夫を養っていくことになったらしい。たちまち給金は未払いになり、こうして抗夫たち家族の生活に響いてくるようになった。三井から離れて田川だけでの炭鉱になれば普通の鉱山にすぎない。イトはつくづく智世が卒業していてよかったと思う。

十一月は、三十一日に給料のうち三〇パーセントをもらった。十五日には二〇パーセントをもらったがとたんに使ってしまった。一週間のうち、水曜と土曜を休まなくてはならず、四日しか働けない。それも残業や手当もなく、おまけに炭労のストライキもある。一か月よく働いた月でも十四、五日しかない。二万円を少し上回る給料で、その中の二〇パーセントを十五日、三〇パーセントを三十一日、残りは会社が立ち直るまで据え置きという有様だ。

人員整理も、田川は目標を上回って二十八日に締め切ってしまい、それ以後は「勇退者」として扱わなくなった。

まともに働かしてもらえず、まともに給料をもらうことができない。多くの家族は生活のための借金があるけれども、退職してしまったら利子すらも払えなくなるので退職もできないでいる。これも会社の戦術なのかもしれない。

冬のボーナスで雪子や智世にオーバーをこさえてやろうと思っていたのにそれどころではない。夏のボーナスさえもらっていないのだから。もう少し時期が来れば、ボーナスも給料も支払われるようになるだろうか。遅配金も今後の遅配の預り金も、解決ついて据置貯金なりに一段落つくのだろうか。

昭和三十五年　ボタ山のある町（五）坑内事故

イトが與八郎に連れられて筑豊の三井田川鉱業所斜抗に来てからもう十五年になる。三井という大樹の陰で、炭労という組織に守られて、豊かで平和な炭鉱街で毎日を暮らしてきた。そこには、鉱山とともに明け、鉱山とともに暮れ、一日の安全を喜び合う、人々のささやかな幸せがあった。

十一月十九日、晩秋の日は西に傾きかけている。いつもの昼下がりだった。柱時計が三時を告げた。四時には夫も帰ってくる。帰るとすぐ食べたがる夫のために、イトは早々と夕餉の支度をしていた。

玄関に自動車の停まる音がした。

（誰だろう、今時分に）

手を拭きながら、イトは玄関の戸をあけた。会社の繰込係と運転手だ。與八郎が坑内でけがをしたという。ひどく慌てている。

「すぐに病院へ行きましょう」

と、口々に言う。状況はわからない。話は雲を掴むように切れ切れだ。

「頭を打っているので何とも言えん。かなりの重症かもしれん」

「入院の準備をして。すぐ出た方がええ」

迎えの人たちの手で布団が車に積み込まれた。イトは何か言おうと思うのに、胸がつかえて言葉となって出てこない。震える手で箪笥をあけて、寝間着と肌着を取り出した。

「洗面道具もいるばい」

「足らんものはあとからぼつぼつ運べばええけん。一時も早う病院へ行った方がええばい」

急き立てられながら、イトは三人の子どもを見た。けたたましい話しぶりから、この幼子たちはそれぞれに何か重大なことを感じ取っていたのであろう。マドカと一世は長男の修の枕元に、神妙に集まって座っている。イトは自分のいないあとの三人の子どものことを隣家に頼んだ。そして、

「修ちゃん、しっかりね」

と声をかけたが、詳しく言い聞かす暇がない。手を振る子どもに心を残しつつ、迎えの車に身を乗りいれた。

（どんな怪我だろう、重症というが……）

（家族に事故を知らせる場合は往々にして軽く言うものだが……）

（どうか、たいしたことではないように）

不安におののく心をじっと抑え、手を合わせて一心に祈った。設備の整った大山とはいえ、坑内の災害は時折耳にする。落盤、ガス爆発、出水……このような危険と隣り合わせでたえず職場を守り、日夜増産に励んでいる炭鉱労働者。いつも不安の中にいるのは坑内夫の妻の悲しい宿命であった。

家から病院まで車で十分くらいであった。ここは三井病院外科病棟の一室である。ベッドは六つあったが、患者は三人であった。イトはここで夫を待った。長い長い時間だった。イトは祈ることによって心の平静を保とうと努めた。（神様、與八郎をお守りください。家に残した病の子たち、こころ幼い愛《いと》し子たちをどうかお守りください。どうかお願い。いや待て、祈ったところでどうなることか、それで子どもたちが少しでもよくなるのか、夫のけがが軽くなるというのか。祈ってもせんないことだ。いや、祈らねば、今だけはすがらねば。妻なれば、母なれば……）

その時、公傷係と四人の同僚に見守られ、看護婦に付き添われて静かに運ばれてくる人が見えた。紛れもなく與八郎である。イトはとっさに走り寄った。

イトはこの時の夫の顔を生涯忘れない。これが、今朝笑顔を見せていた人なのか。元気に入坑したあの人なのか。静かに病室に運ばれ、看護婦の手で夫の身体はベッドに移された。

頭のあたりから腰に至るまで、上半身すべて石膏のギプスに入り、わずかに顔を覗かせている。ロボットのような異様な姿であった。頭頂から少し左に寄った部分のギプスが切り開かれ、血のにじんだガーゼが置かれている。左肩にもやはりギプスが切り開かれて傷口の治療が施されている。投げ出された手を、そっと布団の中にしまい、その手をしっかりと握る。

「お父さん。お父さん」

声に力を込めて低く呼んだ。その呼び声が聞こえたのか、静かに目が開いた。だがその目は焦点が合わないままに再び閉じられた。

わずかにのぞいている顔の部分から、與八郎の容態のすべてを読み取ろうとして見入った。蒼白な面、まつ毛が炭塵に汚れている。恐怖の影がいまだ去らないのか、時折唇がひくひくと痙攣する。

與八郎に付き添って昇坑した四人の同僚たちは、切羽から本線の人車坑道までタンカをかつぎ、人車を降りてからはケイジへ、そして救急車に乗せて病院へと付き添ってくれた。そして今この病室で、與八郎の容体を見届けてくれている。男たちは責任を果たしたように、ホッとした面持ちであった。真っ黒に煤けた顔、歯だけが白く光っている。汗と炭塵に汚れた作業着の上に寒さをしのぐための上着がかけられている。ズボンの下の脚絆もまだ取っていない。

（この人たちを私は知らない。だが炭鉱で働く以上、皆頼れる同志であり、炭掘る仲間である。この人たちのおかげで、與八郎は私のもとに帰ってきた）

「本当にお世話になりました」

イトは仲間というもののありがたさに心からお礼を言った。一人が静かに話しかける。

「心配したでしょうな。でももうだいぶん落ち着きました。何せあっという間の出来事ですけん。私らが立柱しよる時でした。カッペ[二六]が二本も落ちて、その一本がちょうど宇都宮さんの頭の上に落ちたと思ったら、続けてもう一本が今落ちたカッペの上に重なるようにして倒れた。もうだめだと思うとりました。これ、この通り、保安帽がペチャンコになって、穴が開いとりますばい」

病室の片隅に夫の保安帽や作業着が置いてある。その保安帽を手に取って穴の開いた箇所を示してくれた。中心よりやや左に寄った部分がひしゃげて、穴が開いている。夫の保安帽を受け取って改めて眺め直した。このキャップのおかげで夫の命は助かった。つくづ

二六　カッペ…天井を支えている鉄の梁。

く眺めた。坑内夫の妻である。事故のものすごさは十分理解できる。突然に降ってきたカッペ、身をかわす暇もなかっただろう。カッペが落ちると同時に降ってくるボタ。粉塵が舞う中に、寸分の隙間もない。生命を守るものは己自身の勘と長年の経験によるしかない。

常日頃、與八郎は、「出るのは最後」という意味で、つまり「明日なき命」と言っていた。それは「生きて家を出るのが最後だ」という意味である。自然のうちにそれを自覚しながらも、暗黒の地底に挑む労働者。「自分はともかく子どもだけは抗夫にしたくない」とほとんどの炭鉱労働者は願っていた。

「病院に着くまでは本当に心配しました。あとはもう先生に任せて一日も早う治ってくれるよう祈っとりますばい。どうか気いつけてあげてください」

イトはありがたかった。事故の様子も一応は聞けたし、働く仲間による万全の処置にただただ感謝した。

「どうもありがとうございました。何とお礼を言ってよいか、本当にお世話になりました。早く帰ってお風呂に入ってさっぱりしてください。遅くまですみませんでした」

公傷係は病院の手続きをすませて四人の同僚と一緒に病院を出た。

秋の日は暮るるに早い。たそがれの中を五人はそれぞれの家路に向かって歩いていった。気がつかなかったが、もう病室に電燈が灯っている。

その時與八郎の唇が動いた。意識があってのことか、耳を寄せるが言葉はない。もしやという不安が波紋のように大きく広がっていく。しみじみと與八郎の顔に見入った。それは命がけの労働を二十一年間続けてきた鉱山の男の顔であった。怖ろしい予感が、池に投げた小石が作る波紋のように大きく広がっていく。

その時医者と看護婦が入ってきた。脈をとり、目を開いて診察した。しばらくして、

「もう容体が急変することはないと思います」

と、どっしりとした落ち着きのある声であった。主治医である。

「先生、主人はどんな怪我をしているのでしょうか」

イトは聞いた。そしてすぐに愚かな問いであったと悔いた。もっと別な聞き方があったのではなかろうか、だがとっさにどんな問い方があるか考えられなかった。心配そうに見上げるイトの顔を、主治医はじっと見ておられたが、その心を読み取ったか、おごそかに言った。

「そうですか、無理もありません。そのうち意識もはっきりするでしょう」

と言いつつ、看護婦に、

「宇都宮さんの写真はここにあったかね。たくさん撮ったから、そのうち一番わかりやすいのを一枚持って、詰所に来てくれ」

と指示し、病室を出た。イトもそのあとをついて一緒に詰所に入っていった。看護婦は何枚かのレントゲン写真を調べていた。

「先生、わかりません」

「そうか、じゃあ、紙に書こう。その方がわかりやすい」

主治医はそう言って、万年筆で紙に書き始めた。

「首というものは生命を支えている大切なところです。だから今の宇都宮さんの場合、ギプスが生命を支えていると言っても、決して過言ではありません」

主治医は万年筆を置いて、首に手を当て、身振りをしながら話をした。

「宇都宮さんの場合、こんなふうになっているのです。首にはこうした七つの骨があります。その一つ一つに四方から二本の神経が出ています。この上から四つ目の骨が斜めに、こうなっております」

主治医は四つ目の骨に斜線を引いた。イトは、

「こうなって折れているのですか」

と問うた。主治医は大げさに手を振って、説明を続けた。

「いやいや、ぽきりと折れていたら死にますよ。何と言いますかね、こうなっていることを」

「ヒビ、ですか？」

「いや、ヒビではないのですが、あれ以上悪くなってもいけないので、ああして石膏をしたわけです。あのままにしていたら大変なことになります。絶対に動かしてはいけないのです。第四頸椎椎体骨皮下骨折といいます」

それは言葉に表しきれない医学の奥儀とでもいうのであろうか、イトのように医学の知識を何ら持たない者に対する説明がいかに難しいかがわかった。先生を困らせてしまっていることを、イトは痛切に感じ取った。

「長引きましょうか」

「そうですね、二か月、いや四か月くらいか、もっと長引くかもしれません」

最後の言葉は、医を超えて術に入った深い労りのこもった声であった。あまた数ある外科医の中でも、イトの夫はこの先生に受け持ってもらえて本当に幸運であった。この先生にすがっていればきっと良くなるだろうという信頼の念が、おのずと身体から湧いてきて、心の中にほのかな光が差し込む思いがした。イトは改めてこの主治医の先生の顔を眺めた。そして感謝と信頼の言葉が見つからず、ただ深々と頭を下げるのであった。

詰所を出て、ガラス窓に顔をつけて外を眺めた。きれいな夜景であった。

病室に帰り、夫の寝顔を眺めた。頭の痛みは薄らいだのだろうか、注射が効いているのだろうか、今は静かに眠っている。時折、唇のあたりがひくひくしている。イトは、與八郎のまつ毛の炭塵をぬぐった。イトの涙が、與八郎の額を覆っているギプスの上にぽたぽた落ちた。

しばらく夫のもとにいたイトは、病室の人や付添婦にわが家の事情をかいつまんで説明し、あとを頼んだ。汚れた作業着や保安帽を包みながら、哀れと思う心が胸に突き上げてくる。目が覚めたあとで、どれほど不自由を感じるだろう、重態の身に、置き所のない不安を抱きはせぬか。もう一度夫の顔を見た。やはり目は閉じたままである。思い余る心を振り切って、イトはわが家に向かってコールタール池のへりを走った。とっぷり暮れた夜の道である。複雑多難なる現実がそこにある。

息せき切ってわが家にたどり着いてみると、四畳半のガラス窓も、玄関も明るく電燈が点っている。ホッとして戸を開けたとたんに、

「とうちゃん、どうやった？」

九歳になった修の弱々しい声が響いてくる。イトは六畳間の障子を開けた。二人の妹は修が寝ている布団の枕元にちょこんと座っている。家を出る時に見た姿そのままである。頼りない病弱な兄であるが、二人の妹にとっては唯一の頼みの綱であっただろう。柱時計

が七時を打った。取り散らかした家の中、親のいない寒々とした夜の世界。

「かあちゃん、まんま」

母を見るなり一世が飛んでくる。当然のように膝の上に座る。

「ああ、すぐ仕度しようね」

ちょっとの間、一世を抱き締めて頬ずりしてから、修の枕元にきて座った。

「修ちゃん、どうじゃった？　苦しくない？」

「ああ、寝とるからいいよ」

「誰が電気点けたの？」

「ぼくがつけた」

「偉いね」

マドカがイトの洋服の裾を引っ張る。

「マドカちゃん、お父ちゃんはなあ……」

と言いかけると、

「おとうちゃん、テンした」

とマドカは自分の頭を押さえる。

どうしてもひとりで学校へ行けないマドカ、言葉が出ないマドカ、入学を一年延期して今年一年生に上がったマドカの、精いっぱいの意思表示である。修が教えたのだろうか。イトは父親の怪我について何も言わず家を出たのであったが、慌ただしい話し声や入院という異様な空気の中に、修はいち早く父の身の上の変事を感じ取ったのであろう。年中、床に就いている修は、四年生だが学業を続けることは無理である。数えるほどしか学校へ行っていない。どうせわからないだろうと思っていたが、大事なことはちゃんと知っている。不安な中、よく留守番をしてくれた。

「ごめんね」

一人ずつ頭を撫でてやりながら、

(これからはどんなに忙しくとも、キチンと訳を話して出かけよう、そしてこの子たちのこの素直な心に報いよう)

と思った。

玄関の戸が開いた。

「奥さん、帰っとると?」

入ってきたのは隣の奥さんであった。

「ええ、今帰りました。どうもありがとう」

「大変でしたなあ、それで旦那さんは、どう?」

「はい、おかげで落ち着いています」

「そんならええけど。一世ちゃん、マドカちゃんにな、うちに来て遊ぶよう言ったよ。ばってん、イヤだ言うて来んとよ。二人が家に来たら修ちゃんも淋しかろうと思ってそのまにしとったけど、あんまり静かなので何しよるかと思って覗いてみたら、おとなしゅう座っていて、本当にようしつけとるばい」

「すみません、心配かけて」

「私もなあ、行ってみたかったとよ。けど時間が時間で、父ちゃんも帰るころやし、子どももまだ学校から帰ってなかったし、それで明日午前中に行こうと思っとると。何か持っていくものない?」

「ありがとう。少しあるけど私も行きますから」

「そお?　心配いらんとよ。こんな時の隣だから。それにあんた夕食まだやろう?」

「ええ、電気釜にご飯が炊けているから、今夜は何でも添えて食べます」

一世がイトのそばにくる。

「一世ちゃん、母ちゃん帰ってきてくれて嬉しいね。何かあったら言ってね。夜はうちの父ちゃんもいるから。じゃあ、さようなら」

マドカはぼんやりしている。一世はまんま、まんまと言う。電気コンロにやかんをかけた。二人の子どもは飯台の前に座る。戸棚の中から漬物、つくだ煮、サンマの缶詰を取り出した。でも修の食べるものがない。

「修ちゃん、何を食べようかね?」

声をかけたが返事はない。食欲がないのだろうか。二人の子どもにつぎ分け、修のそばへ行ってみる。血の気のない青い頬、唇がガサガサに乾いている。

「修ちゃん、何か買ってこようか?」

「かあちゃん、ぼくなんにも食べんの。買いに行かんでええよ」

「吐きそうか?」

「ううん、吐かん」

修は首を横に振った。食べられない状態がこの二、三日続いている。少し良い時には欲しがる修なのに。

「食べないと悪いよ。じゃ、湯卵でも飲むか? リンゴでも擂ろうか?」

やせて目は落ちくぼんでいるが、それでも身の丈は十一歳である。

「修ちゃん、ばあちゃんに電報打って、来てもらうからね」

「ババ、くるの?」

修の目が嬉しそうに輝く。

「そうよ、電報打ったら明後日には来てくれるだろう。淋しかろうがそれまで辛抱してね」
「うん、ぼくマドカとおる。かあちゃん、とうちゃんとこ、行ってあげて」
祖母の雪子が来るということで修は急に元気になった。幼い心にも、母に心配をかけまいとして、言葉数少ないながらも懸命に話す修の姿。この子なりに小さな胸に、父の身をどんなにか心配していることだろう。

修は、幼い時からほとんど床についていた。身体が弱いだけの子と思っていた。知恵遅れに気づいたのは五歳の誕生日を迎える頃であった。思春期の反抗も体の成長も、寝床の中で過ぎていった。少し起きられるようになったら外の景色を見せてあげよう、絵の具を買って絵の練習をさせてみよう。「牛の歩みのよし遅くとも」、コツコツと進み、生涯かけて手を引いていくのが親の務めだ。たとえ人並みに育つことはできなくとも、この世に授かった一つの生命、人間らしく豊かに生きさせてやりたい。

お湯がぽんぽんと噴き出してきた。茶碗に卵を溶かし、うす味をつけ、熱湯を注いだ。手の中で茶碗を回して冷ましながら、（どうか、これだけは飲んでくれますように）と願いを込めた。

「修ちゃん、できたとよ。ちょうどいいよ、飲んでみる?」

修は、しばらくどうしようかと思う様子だった。が、つと起き上がって茶碗を持った。イトも茶碗に手を添えながら一口ずつゆっくりと飲む音を聞いた。(どうぞ胃袋に収まってくれますように)と祈った。半分ほど飲んで茶碗から手を離した修は、首を横に振って、また床に就いた。

二人は一生懸命に食べている。ひもじかったのだろう。

「かあちゃん、まんままんま」

一世が飯台をたたく。イトにも早く食べよというのだ。

「マドカちゃん、お母ちゃん病院へ行くから、学校はお休みにしてね。一世は保育園へ行くから二人で遊んでいてね」

「ああ」

マドカは返事にならない声を出す。

「かあちゃん、ぼく、おるおる」

一世は自分の頬をたたいて、「おるおる」に力を入れる。一世は保育園が窮屈でたまらないのである。いつも休みたがる。力いっぱい暴れたり遊んだりしたいのに、できないからだ。イトは手を伸ばして、一世を膝の上に抱きあげた。

「一世ちゃん?」

黙っている。

「お返事は?」

「はい」

「お名前は?」

「うつのみ」

「や、がいるのよ。うつのみや、さあ言って」

一世は黙ってイトの口を押さえた。

そんな会話をしながら、イトは修から片時も目を離さなかった。五、六分経つとわかるのだ。修には長年の習慣がある。やおら横になっていた修が起き上がって、洗面器にゲーと吐きだす。腹の底から突き上げてくるゲーゲーは絶え間ない。ドォーっと出る液体は見るも哀れである。背中をさすりながら、

「修ちゃん、苦しいか?」

食べん方がよかったかしら。だが食べずとも吐く時期が来ていたのだ。青白い顔に脂汗がにじんでいる。顔をあげる力もなく頭を床につけ、突き上げてくる嘔吐に腹を押さえて苦しむ。ゴボーゴボーと出てくる液体、代わりの洗面器をすげる。修が飲んだ湯卵の量は

茶碗に半分ほどであったが、吐きだされたドロドロした液体は大きな洗面器二杯分にもなった。最後の方は、ゲーゲーと言いながら、胃液なのか卵の黄身のような色の液体が出て、次は茶色に変わり、そして緑色に変わり、やがて何も出なくなって嘔吐は収まる。

体中の水分を全部吐き出してしまったようである。痩せた体が一段と小さくなった。身体が衰弱すると病気自体も衰えるのか、汐が引くように収まっていく。そしてまた幾日か経ってこの苦しみを繰り返す。修の病気は喘息の発作と自家中毒であるという。ほとんど年中息苦しくて、ヒイヒイゼイゼイと言っていた。喘息の発作で胸をかきむしり、空を掴んで苦しむ。顔も唇も紫色に変化する。どうしても耐えきれない時は、夜中に病院の門をたたく。注射一本打つと、五分と経たないうちに苦しみは去った。医者は、

「どんなに苦しんでいても、今にも息が途切れそうになっても、喘息では絶対に死にゃあしませんよ」

と言った。修がこんなに苦しんでいるのに何もできず、すがるような思いで救いを求めた母親への医者の言葉であった。これは、「薄幸の子を持つ親の苦しみ」か、そんな生易しい言葉では説明できない。五臓六腑を責め立てられ続ける子と、それに対して何もできない母の地獄の苦しみである。お乳を含ませていた頃からこの子の病気にどれほど苦労したことか。毎年冬に入院した。夏には喘息は収まっても得体の知れない熱にうかされた。

薬と注射で大きくなったと言ってもあながち過言ではない。

「悪いものを吐き出しているのだから、全部吐かせなさい。そしてあとは少しずつ番茶をやって水分を補うように。それから栄養のあるものをあげてください」

耳にたこができるくらい聞いた医者の言葉を思い出した。

洗面器を取り替えながら、自分の子どもはどうしてこうも不幸なのだろうとイトは思う……。

（いやいや、子ども自身は少しも自分を不幸と思ったことはあるまい。皆幸福である。痛み苦しんでも看護の手を休めないこの母がいるから。知能が遅れてぼんやりしながらも、母と手をつないで学校へ行く。私はどうなのか。世間の人は）

「どんなに疲れて仕事から帰っても、かわいいわが子の笑顔を見ると、一日の苦労などいっぺんに吹き飛んでしまう」

と、どの親も共通した気持ちを語る。イトは、三人の子を産み、三人の子どもを育ててきたが、かつて一度もそんな幸福を経験したことはないと思う。苦しかった日々、世間の冷たい視線を背中に感じて、唇を噛み締めたこともある。

人生とは何か。

いたずらっぽい一世の目を見るごとに、マドカのうつろな視線に会うたびに、寝床に苦しむ修の息遣いを聞くたびに、重たくのしかかる子らの生命。ともすれば、とめどなくあふれる涙に、身も心もそぞろ打ちひしがれて、生きる力さえおぼつかなく、うつろな目をする自分の姿に気づく時がある。心幼いわが子を見ていれば、鉄道線路をさまよいこそせぬが、自殺の名所の新聞記事を切り抜いたりしたことはあった。また、ある時は、生きねばならぬ、生きねばならぬと一生懸命に呟いている自分自身に気づいてハッとしたこともある。

逆境の渦の中に三羽のヒナを抱え、これから先、あの病院のベッドに横たわる夫を守らねばならない。負けるものか、どんなに逆巻く波の上でも、しっかりと舵を取り、抱いた四つの魂を、一つもおろそかにはできない。強く生きるのだ。何度も何度も自分の心に言い聞かせた。

修のほっそりとした柔らかな手を撫でながら、

「修ちゃん、もう収まった?」

修はコックリとうなずいた。

「お茶、飲む?」

「ああ」

顔色が少しずつ人間らしくなってきた。何時間かの苦しみがあったがこれで峠は越えた。

翌日から與八郎の看病と子どもたちの世話の二重生活が始まった。與八郎の目が開いては喜び、手が動いては喜び、口が開いては喜んだ。イトにとって與八郎はかけがえのない人になっていた。

（夫にもしものことがあったら、私は生きていけるだろうか。たった一人であの子らを、世間から守っていけるだろうか。目を開いてくれるだけでもいい、息をしていてくれるだけでもいい。いてくれるだけでどれほどの支えになるか。冷たい世間の目にも、この人と二人ならば耐えていける。神様、仏様、どうか與八郎を助けてください。與八郎のため、私のため、子どもたちのために。私たちは五人で一つの家族なのだから）

祈る日々であった。

與八郎は公傷患者である。公務中の怪我は法規によって経営側に救済責任が定められている。しかし救済扶助はこの大怪我の割に合わない。治療費は実費が扶助されるが、休業手当は日給の二分の一にとどまる。しかも最初の三か月は五分の一の八二九三円しかもらえなかった。四か月目からは二分の一の二万三三七〇円が入るようになったけれども。

敗戦日本の復興の糧として、地下数千尺がどれほど悪条件であろうとも、増量、増量と急き立てられるままに掘り出し続けてきた。命がけで経済発展を支えてきた炭鉱夫の命はこれほどまでに軽いものなのか。離職して生活のめどを失った男たちの家族は、明日のたつきに事欠いている。その理不尽さに怒りを感じる。

医者は治るまでに数か月と読んでいたが、はるかに長くかかった。職場復帰までに、一年十一か月を要した。それほどの重傷だったのである。與八郎の額には、大きく深い横一本の傷痕が残った。與八郎の頑丈な体躯は一回り小さくなってしまったけれども、幸いにも後遺症は残らなかった。昭和三十七年九月、また地底で働けるようになった。與八郎は、以前と同じように意気揚々と出かけていった。

左からマドカ、修、一世

昭和三十八年　ボタ山のある町（六）閉山

鉱山に閉山の声が聞こえるようになった。石油が石炭にとって代わったのである。あの東洋一を誇り、五十年の命脈を約束した伊加利竪坑が、わずか十年でその幕を下ろしてしまうなんて考えも及ばなかった。天井の炭の層、炭壁に光る黒ダイヤ、一坑から七坑まであった坑口地底の宝庫の上に成り立った田川市だった。それが今では出炭は貯炭につぐ貯炭で若松の港も貯炭の山だった。いくら掘っても石炭が売れないのならば、坑夫にはもう給料は払えない。給料の遅配すらされている。戦前・戦中・戦後と、焦土と化した日本の復興と現代の礎を築いたのはこの石炭だった。終戦から十五年、華やかな文化の影に炭鉱労働者の血と汗と涙があったればこその現代日本ではなかったか。

今しばらく会社の継続を願いたいが、

「組合員一千余名の上京団は国会を取り巻いて警察官と睨み合って、険悪な状態である」

と通達があった。その意気込みにおいても、

「三時半出発のハンガーストライキの激励に参加してください」

と、組合員は呼びかけに必死だった。イトはマドカと一世の手を引いてハンガーストライキの応援に行った。

田川市を見下ろす山の上に、三井田川鉱業所本部がある。その下の広場に、本部を背にしてバラックがある。バラックはトタン屋根で、正面にはビニールが張られていた。そこに十一人の組合労働者が座っている。毛布で膝を包み、口にマスクをかけている。組合員のジグザグ行進の掛け声に、静かに手をたたいていた。

（ひもじかろう、寒かろう、わずかに夜露をしのぐその囲いの中で頑張っている我ら同胞。どうしても勝たねばならぬ。筑豊を離れて私たちの行く所はどこにあろう。）

十二月十八日、ハンガーストライキは中止となった。百四十八時間経って、バラックの中の人たちは組合員に守られて病院へ連れていかれた。組合員は皆、闘えるだけ闘った。

昭和三十八年一月十七日、朝刊に「田川坑閉山三井鉱山社長公式談話」という記事が出た。

「やはり来るべき時が来たのだ」

それから東京からも、名古屋からも、大阪からも、各方面から一斉に人事担当の人が社宅内に入り込んだ。炭鉱離職者を就職させた場合、その会社には政府から多額の助成金を受けることができるのだ。三池に行くものは年功を引き継いで、そのまま家族とともに三池に出発した。

昭和三十九年三月二十日、鉱山は穏やかに閉山となった。與八郎にはたくさんの退職金が支給された。朝夕付き合った人も退職金を受け取り、皆次の職場の支度金をもらって、それぞれに筑豊をあとにしていった。淋しい別れである。イトは與八郎を振り返って尋ねた。

「お父さん、お父さんはどこへ行くと？」

「俺か、俺はここにおるぞ。生まれ故郷の四国の果てから俺をここへ連れてきて、二十年働かせるだけ働かせて、今さら閉山になったからどこへでも行けというのは無茶な話じゃ。次の仕事をちゃんと構えてくれるまで、俺はここを動かんたい。何とか言うたら、ここへ来る前の昔の四国に連れて帰れと言うてやる」

「こんな日が来るなんてな。ああ、私も二十年もの間、苦労のし通しだった。私もあんたと一緒に、元の二十歳に帰りたか」

イトは四十歳になっていた。

（文盲の夫にまともな職業があるだろうか。そしてまた病気の修や知恵の遅れたマドカ、一世を連れてどこへ行ったらよいのだろう）

この間まで作っていた畑も、今は荒れるに任せている。遠く近く毎日見慣れたボタ山、幾層もの炭層が埋蔵されていることを物語る山肌、周囲の風景を眺めながら、昔を思い、先のことを考えていた。

生まれ故郷の四国から九州へ渡ったあの時、国に残る家族の生活を一身に背負って背水の陣を敷く思いの旅立ちであった。今では智世も大学を卒業して、高校の同級生だった恋人を追って名古屋に行き、名古屋の小学校に就職した。そしてその人と昭和三十六年に幸せな結婚をした。雪子は智世と一緒に暮らすことになり、智世の出産を機に、名古屋に行くことになった。

第四部　それでもなお、光あり

昭和三十九年　忍耐・第二会社へ

共同の風呂場の前の掲示板に、就職斡旋の情報が貼り出されてあった。


タイル、セメントを希望する人は五月九日までに申し込むこと。

五月十日、中央中学に試験を受けに来ること。科目は、国語、算数、社会、作文。

試験を受けに来るときは、鉛筆と消しゴムを忘れないように。


イトは與八郎にそのことを話した。與八郎は入社試験というものを知らない。

「俺はタイル工場に行く。手続きをとってくれ」

と言う。それで申込用紙に「タイル工場」と書いて出しておいた。

受験番号は六十八番。

「お父さん、数字の番号書けるよね?」

イトは九州へ来てから二十年、與八郎にせめて名前くらいは書けるようになってほしいと思って、一生懸命教えてきた。

「お父さん、○や△の印をつけても人にはわからないのよ。自分でも忘れてしまうでしょう？　誰にでもわかる字を書いてください」

つい厳しい口調になることもあった。與八郎の努力もあって、自分の名前を漢字で書けるようになった。

「書いてみて。番号は六十八、名前は宇都宮與八郎」

與八郎は鉛筆をもって帳面とにらめっこしている。イトは入社試験には通らないだろうと予想できていた。しかし人生一度は入社試験というものを経験してほしかった。なによりも本人がタイル工場を希望しているのであれば、試験を受けさせてあげたい。

「お父さん、番号と名前を書いて。あとは何にも書かなくてもいいとよ」

「本当か、何も書かんでいいとか？　そんなら心配はいらんたい」

「いいや、本当は書かんといかんとよ。でもお父さんは文章も読めないし、書けないから、それならいっそ何も書かない方がさっぱりしていいと思うの。答案用紙も汚れないしね」

ひどいことを言っているようだが、長い試験時間を不安の中で過ごさせるのがかわいそうで安心させたかった。大勢の受験者の中で一人、終了の時間が来るまでぼんやりと腰を下ろしている與八郎の姿を思い浮かべるといたたまれない思いになった。

受験の当日が来た。お隣のご主人も、タイル工場を希望していた。二人は誘い合って試験を受けに出かけた。

昼過ぎに帰ってきた。與八郎の顔は嬉しそうだ。何か心に期すことがあったのだ。

「どうやった?」

「うん、俺は番号と名前を書いて出しといた。偉い人が大勢並んどった。みんな三井鉱山時代に俺をかわいがってくれた人たちばかりやった。俺がどんなに働き者やったか、あん人たちばみんなよう知っとる。答案用紙に何も書かんでも、俺の顔見たらあん人ば俺を喜んで使うてくれる。試験を受けに行った甲斐があった。これで安心たい」

もう採用された気持ちで安心している。

それから何日か経った。タイル工場の合格者の発表が掲示板に貼りだされた。與八郎は帰ってくるなり、イトに言った。

「タイル工場の合格者の発表が今出とる。見に行っちくれ」

「お父さんは六十八番よ。自分で見てわからないの?」

「うん、見たバッテン、あんまりくねくねした字が並んどって、ようわからん」

イトは一世を連れて発表を見に行った。人だかりの掲示板の前に立って、どうせ通っていない、と思いつつも、六十八番を探す。六十七番も六十九番もある。しかし與八郎の六十八番はない。通らないことは百も承知だった。ただ入社試験とは、こういうものだということを経験してもらいたかっただけだ。與八郎の希望を叶えたかっただけだ。一世の頭を撫でた。

イトの帰るのを待ちかねて、

「どうだった？　受かっとったか？」

と弾んだ声で聞く。イトはかぶりを振りながら応えた。

「だめだった……。お父さん、セメントは？　セメントも学科試験があるとよな」

「……もうええ、俺はもう、どこへも行かん」

與八郎は胡坐をかいて、そのまま横になった。入社試験の時の試験官は、與八郎をよく知っている三井鉱山時代の人ばかりだった。「もしや」と思う心が與八郎のどこかにあったのだろう。文字ではなく、働く能力の高さがちゃんと評価される、と信じていたのだろう。與八郎は淋しそうだった。素直で、馬鹿の付くほどの正直さで、身を粉にして働いて、妻を守り、こよなく子どもを愛するこの人が、ただ哀れで胸が熱くなった。

タイル工場もセメントも入社試験が終わった。

この頃、三井鉱山は閉山しても、第二会社として三坑が出炭を開始することになった。そしてまだ職が決まらず家で遊んでいる人たちのもとへ、三坑に残るよう、主だった人々が社宅内を廻っていた。その人たちがイトの家にも来た。

「知らない東京や大阪へ行って苦労するよりも、なじんだ田川で慣れた仕事をして働いてくれんとですか？　あんたとこの退職金は、三井鉱山が年九分五厘の利子で預かります。銀行の利子は五分五厘ですばい。第二会社になっても三井の鉱山ですばってん、賃金の不払いはありません。その点、安心ですたい」

就職の斡旋に来た人は、かつて三井時代の與八郎の上役で、何度か酒を酌み交わした人だった。イトは尋ねた。

「鉱山はどれほど続きますか？」

「まあ、炭は十年ありますばい」

「そうですか、炭は十年あったとしてもいつまで続くかが問題です。三年か五年かその点が心細いです」

イトは與八郎の方を見た。與八郎は他人《ひと》ごとのようにぼんやりと庭を見つめている。悲しいかな、與八郎はこういう話ができない人なのだ。

「ご存じのように私の家は子どももこういう子どもですし、お父さんもこの町をようわかっとるし、第二会社に格下げになっても三井の会社ばってん、安心して働かしてもらいます」

そして、

「ね、お父さん?」

と呼びかけた。だが與八郎は黙っている。

「そうですか、それが一番ですばい。私も心配しとりました。宇都宮さんはどうするかなあと。同じ鉱山に働いた同志ですからなあ。宇都宮さん、よかとですな?」

裏の濡れ縁に腰かけている與八郎に呼びかけた。大事な自分の就職のことなのだから、ここに出てきて一言、「お願いします」と頭を下げればいいのに、與八郎はただ、

「はい」

と小さな声で返事をした。

與八郎の就職が決まったことで、イトはわが家の行く末に穏やかな安らぎを覚えた。

「修、マドカ、一世、お父さんの仕事決まったよ」

今まで心細かった思いを、そっと子どもに言って聞かせた。これで、この先は保険証が出る。安心して病気になれる、それが一番大きな安心だった。

「ああ、俺、働くぞ」

與八郎は力を入れて言った。

四、五日してから第二会社より、改めて挨拶があった。

支度金として金三万円、三井鉱山に閉山まで働いた人には田川抗の組合本部の解散でその財産分け四十五万はあります。すぐ働いてもらう人には失業保険より五十日分十万円があります。また炭労より閉山見舞金としてかなりの金額が送られてきます。安心して働いてください。

丁寧なあいさつ文だった。退職金の明細書も届いた。

昭和十四年二月二十七日採用
実年数二十四年二か月
加給日数合わせて二十九年二か月
退職金二百九十九万四五一九円

これが、與八郎が三井鉱山で働いた三十年の汗と努力の結晶だ。退職金は全部三井鉱山に預けたが、支度金やその他の金は、今まで貧しかったわが家の家庭を潤した。

心も豊かになり、気持ちも大きくなって、早速テレビを買った。ビクターの19型。子どもたちは大喜びだ。わが家に一度に花が咲いたごとく、明るく楽しくにぎやかになった。テレビ画面に冷蔵庫が映ると一世が食い入るように見いっている。おいしそうなハムやソーセージの食品が映った。一世は、

「買《こ》うて、こうて。これ、こうて」

と指さしながら言う。新しく買った二層式の洗濯機が、玄関の隅で石鹸粉の渦を巻いている。食パンは、いつも七厘の残り火であぶっていたが、新しくトースターを買った。パンを入れると二人の子どもたちは珍しそうに見ている。こんがり焼けたパンが、ポンと出てくるたびに、子どもたちは、

「ああ、出た、出たよ」

と手をたたいて喜んでいる。

電化製品がわが家にもそろってきた。與八郎にもスーツを拵えた。

「『木の株にも物着せよ』というけれど、お父さん立派よ。これならどこへ出ても引けを取らないわ」

子どもたちも父を見上げて嬉しそうだ。イトは三人の子どもを一緒に抱えて頬に顔を寄

せ合った。與八郎を見上げ、思わず涙が込み上げた。

(日々の生活との長い戦いでした。悔し涙を流したこともありました。けれど、お父さん、私は貴男によって忍耐強く生きることを学びました。修、マドカ、一世、貴女たちはお母さんに慈悲の心を教えてくれました。今、生きていてよかったとしみじみ思います)

三抗が出炭を開始して與八郎は毎日仕事に行っている。親子五人の幸福な時。

昭和四十七年　姫路へ

朝もやの中、親子五人は姫路駅のプラットホームに降り立った。爽やかな五月の風が、長い夜汽車の旅の疲れを拭き流してくれる。

修二十一歳、マドカ十九歳、一世十七歳になっていた。

第二会社が発足して八年の歳月が流れ、そしてまた閉山を迎えた。與八郎も五十歳。もう坑内で働ける年ではない。給料は安くとも、地上でぼつぼつ仕事をしたいと言っている。自分で自分の行く道を考えればいい、いつまでも待っていてあげよう、失業保険もあることだし、生活の心配はしなくてもいい。

今度もまた、閉山にともなって、炭鉱離職者の就職の斡旋にいろいろな会社の人たちが各家を廻っている。が、與八郎が気乗りするような仕事はない。字を知らないという負い目を背負って、字が読めなくてもすむ職場を探しているのだろう。

そんな時、與八郎を三井の第二会社に誘ってくれたかつての上役の人が、また誘いに来てくれた。よっぽど與八郎は気に入られていたようだ。

「奥さん、私たちと一緒に姫路に行きましょう。姫路には三井本坑時代のかつての同僚が働いています。姫路に行きましょう。気持ちを大きく持って。私も行くのです。何かの時には三井時代の我々の同志がいます。心配はいりません」

「でもお父さんや私たちには、子どもがいます。住む家も気がかりです」

「そのことなら私が以前の同僚と話し合います。何といっても以前三井が閉山になった時の人たちが姫路に行って働いているのです。悪いようにはしません。私に任せてください」

と言って帰っていった。

それから十日くらい経って、

「家は、子どもさんのことを考えて、田んぼの中の、外に出ても危なくない、静かなところを探してくれましたよ。幸い大きな農家がありまして、そこを会社が借り受けて造作してもらいました。南向きの家で、廊下にはサッシが入っています。立派にできました。もういつ入ってもいいようになりました」

と言ってくれる。與八郎の一体どこがよくて、こんなにまで親切に誘ってくれるのであろうか。

「ありがとうございます。でもうちのお父さんのことを知っての上で、そうしてくださるのでしょうか」

「ええ、それは十分知っての上です。奥さんは庭のご主人を見ているのかもしれませんが、私は、三井の本坑時代から第二会社になっても、宇都宮さんが働いている姿を見てきているのです。立派な人です。だから一緒に行けたらと思って、誘っているのです」

「会社はどういう会社ですか?」

「新日鉄の子会社です。かなり大きな会社です」

「うちのお父さんのことをそこまでわかって誘ってくださるなら、私は貴男にお任せして姫路に行きます。よろしくお願いいたします」

「それを聞いて、私も安心しました。宇都宮さんに姫路に行くということをよう言うて聞かせてください。これは支度金としてあずかってきたのです。お宅にはお金はたくさんあろうけれど、なんぼあっても邪魔にはならんから」

と言って封筒に入った支度金を出された。

「宇都宮さん、私と一緒に姫路に行って働きましょう。定年が五十五でも、その人の働きぶりによって、五十八でも六十まででも働けるんです。安心してください」

それを聞いていた與八郎は、

「はい」

と返事をした。頬が高揚していた。

封筒には六万円入っていた。安堵とともに、これからの新しい土地での戦いが待っているのだと身震いした。


ここは、姫路市広畑区。会社はここを住居としてくれた。広い大きな家だ。六畳二間、四畳半二間、四畳半のキッチン、広い土間がある。南向きに面した六畳二間には縁側に長い廊下がついている。そして別棟に湯殿があった。この家は古い昔の農家を造作したものだろう。家の前を小川が流れている。小川には鮒が群れを成して泳いでいる。時折白鷺が下りて浅い水辺に羽を休めている。何という美しい環境だろう。ぐるりは田畑に囲まれ、自転車の通れるほどの農道がある。ここはイトたち親子のちょうどよい散歩道になるだろう。

朝の光が廊下から部屋いっぱいに入り、風が吹き通り、小川のせせらぎが聞こえる。手ぬぐいを姉さんかぶりに巻いて、のびのびとあくびをしてみた。裏山に夕日が当たって光り輝いている。何という荘厳さであろうか。イトは二人の子どもを両脇に寄せ、この風景に見とれた。イトはこの幸せを噛み締めた。


六月一日は與八郎の初出勤の日だ。どうか無事に務めますように、両手をすり合わせた。

「お父ちゃん、行ってぇ」

三人の子どもに見送られ、自転車で会社に出かける。

夕方に「ただいまあ」と言って帰ってくるとほっとする。今日一日を無事に送れた。地底ではない地上の仕事だ。それだけでも安心だ。イトはほっとするが、與八郎の顔に以前とは違う何とも言いようのない暗さがあるのも見える。與八郎がたまらなく哀れになる。それでも朝になると、また明るく笑って子どもの頭を撫でて会社に出かけていく。

二週間も経つと、與八郎は会社帰りに買物をしてくるようになった。心にゆとりができたのだろうか。與八郎が帰ると、子どもたちはスーパーの買い物袋を取り合う。子どもたちは嬉しそうだ。

三か月が瞬く間に過ぎた。そうしたある日、與八郎はイトに言った。

「母さんや、心配かけたけれど、もうどこへも行かない。この会社で働くよ。安心しておくれ」

「そう、よかった。私はお父さんを信じていたけれど、いつ辞めるというか、そればかり気がかりでした」

「うん、実は俺も毎日、今日辞めようか、明日辞めると言おうか、そればかり思っていた。毎日仕事に行っても自分の子どものような若者に怒られてばかりなんだ。『おっちゃんはなぜ掲示板を読んでこなんだ？　今日の仕事が書いてある。ちゃんと読んでこんと今日の仕事ができんだろう。誰一人今日の仕事を説明してくれる人はいないぞ』と怒鳴られる。人のする仕事を見て、それをまねて仕事をするんだ。こんな情けないことなら辞めたい、と何度思ったことか。…でも、俺が辞めたらこの家には住めなくなるからの」

與八郎は寂しそうだ。地底では天才的な働きをするが、地上では「役立たず」と言われてしまう。哀れだ。與八郎はぼつぼつと話を続ける。

「周りの人は、仕事がすむとすぐ風呂に行って帰るんだけれど、俺は残って後片付けをして、道具は元の場所へ返し、それから帰るんじゃ。人は、『おっちゃん、片付けなどほっときなさい。あとから来る者がどうせまた汚すのだから』と言うけれど、俺はちゃんと始末してきた。人が見ていなくても。片付けていないと危ないからな。そうして三か月が経って、この頃はみんな俺を知ってくれて、掲示板に書いてあることを『おっちゃん、今日の仕事はこれとこれ。こうするんだよ』と言ってくれるようになってな。みんなようしてくれる。涙が出るほど嬉しいんよ」

「お父さん、私も嬉しい」

熱い思いが込み上げてきた。

昭和五十五年　與八郎退職

四月一日は、村の城山神社のお祭りの日。餅まきがあるのを楽しみに、イトも二人の子の手を引いて出かけた。狭い境内で大勢の人がごったがえしていた。両の手がふさがるのは危ないので、境内の隅で、マドカを石に座らせ、一世の手を握って立っていた。

「小さい人は先にあげるから、前に出なさい」

と言う声が聞こえる。イトは一世の手を引いて前に出た。

「この子にもやってください」

と袋を差し出させた。

「よしよし」

と、一世の小さな袋にいっぱいの餅を入れてくれた。マドカの所へ戻ってみると、マドカも五つ、六つ餅の入った袋を持っていた。

「誰にもらったの？」

「あん」

マドカはこっくりうなずくばかり。近くにいた人たちに聞くが、誰も気づかなかったと言う。

「奥さん、みんな知っとる人ばかりだから、目についた人が握らせてくれたのよ。気にすることはないがな」

「そうですかね」

イトは人の心を心として、誰にともなく頭を下げ、ありがたく頂戴した。

それから八年の歳月が流れた。與八郎は五十八歳になった。会社も不景気になったので、定年退職になった。與八郎は始終家にいるようになった。

家の前には五坪ほどの空き地がある。大家さんは何を植えてもいいというので、與八郎が土をおこして畑にした。チューリップの赤や黄色の球根を買ってこよう、花の種も蒔こう、トマトやナスビも植えてみようとイトは與八郎に話しかけた。

「なあ、なあ」

一世が問いかける。

「ここへ花の種を蒔くの。春になったら花が咲いてきれいだろうねえ」

「あい」

マドカも土をいじって遊んでいる。

毎日の生活が幸福だった。次の春、わが家の庭は花で美しく彩られた。夏にはナスビがなり、トマトが赤く色づき、ニラやネギと朝夕のお汁の実に事欠かなくなった。お弁当を持っては、山や川へと遊びに行った。その次の年も花でいっぱいになった。その次の年も。

幸福な四年の歳月が流れた。

昭和五十九年十一月　與八郎倒れる

昭和五十九年十一月十四日午後四時、與八郎が倒れた。

「お父さん！」

声をかけるが返事がない。主治医の先生に電話で容態を話したら、すぐ救急車で病院へ連れてきなさいと言われた。入院するための、寝間着、タオル、洗面道具をカバンに詰めた。明日、目が覚めたらお茶も飲むだろう、ご飯も食べるだろうと、湯飲み、箸、匙もカバンに詰めた。電気釜にはご飯が炊けている。握り飯にして海苔を巻き、テーブルの上に置き、やかんにお茶も入れた。

「一世、お父さんはご病気なの、マドカと修をしっかり見とってね」

「あい」

「母ちゃん、遅くなるかな。ちゃんと帰ってくるから、それまでしっかりマドカを見とってね」

「あい」

「マンマ食べたら、床を敷いて寝とくのよ」

「あい」

そして家の戸締りをして、一一九番に電話をかけた。救急車が来た。隊員の人たちが担架に與八郎を乗せた。イトも担架のあとを追った。一世が六畳の部屋のガラス窓から外の様子を見ている。その顔に恐ろしそうな表情が表れている。救急車はサイレンを鳴らして走り出した。

立派な脳神経外科病院に到着した。しばらく待っていると、先生がおいでになった。

「知らせる所があったらすぐ知らせてください」

悲しいかな、その言葉の意味がイトはすぐには理解できなかった。

「先生、ついさっきまで元気でいた人です。病名は何でしょうか？」

「脳出血です。それも二か所もあり、かなりの量の出血です。最善を尽くします」

どのように言われても、理解ができなかった。

「はあ？」

時計は午後八時を指していた。病人も心配だったが、家に残した子どもも気がかりだった。與八郎は大きな鼾をかいて寝ている。午後十一時になった。病院のナースセンターには二人の看護婦さんがいた。イトはナースセンターに入って言った。

「私の家に重病人がいます。その子が気がかりです。それに身内の者に知らせるにしても遠いので、電話番号がわかりません。一度帰って、知らせる所へは知らせたいのですが、今から付添いさんを雇うてくださいませんか」

　付添いさんが来た。

「今からでも、明日の朝八時になったら、一日分いただきます」

「けっこうです。看ていてください。まさかの時には、ここへ電話ください。家でも子どもが病気なのです。明日朝早く来ます。お願いします」

　病院の隣がタクシー会社なので、すぐにタクシーに乗れた。西蒲田農協前で降り、そこからわが家まで走った。

　家には、灯りが六畳一間だけつけてあった。これは家を出る時につけた灯りだ。そっと戸を開けると、

「母ちゃん！」

「目が覚めたの？　いい子で待っとったね」

　可愛さに涙がこぼれた。

「お父さん、ピープピープ、キュキュ行った」

「そうよ、病院へ行ったのよ。救急車でね。それでお母さんは明日から病院へ行くの。帰

るまで修とマドカと待っていてね」

「あい」

一世は素直に返事した。これから先のことを考えるゆとりはない。

翌朝六時に起きて朝食の用意をして食べさせて、弁当を三人分作った。握り飯の中に梅干しやら佃煮を入れて海苔を巻く。お茶も忘れずに、やかんにいっぱい作っておいた。

「これはお昼に食べるのよ」

「あい」

七時にタクシーを呼んだ。病院へ着いて與八郎の顔を見た。昨日と変わらず、大きな鼾をかいて寝ている。ほっとした。この時はまだ、どんなに重い病気かということもわからずにいた。

倒れて三日目のことだった。與八郎の顔色が悪くなった。すぐ検査室に連れていかれた。小脳の出血により水がたまる水頭症状ということで、水を取り出す手術をした。

手術後には顔色もよくなり、鼾もかかなくなった。イトはこれで落ち着いたのだとほっと胸を撫でおろした。午後五時半、あとのことを付添いさんに頼み、タクシーに乗る。途中、弁当屋で弁当を四人分買って帰った。

子どもたちは買ってきた温かい弁当を食べている。イトは近所の店屋で、明日のおやつや、朝の味噌汁に入れる豆腐などを買い、夜の道を小走りに戻る。

そんな生活が一週間過ぎた。夜中に、病院から電話がかかってきた。すぐタクシーを呼ぶ。

「待っているのよ。お父さんの所へ行ってくるから。マドカを頼むね」

「はい」

心もとない子を残して、タクシーで病院へ着くと、玄関に付添いさんが待っていた。イトを見つけるとつま先立って言った。

「旦那さんは手術室におります。奥さんの承諾がいるのです。すぐ手術室に行ってくださ い」

急ぎ手術室へ行ってみた。お医者様が待っていた。

「実は出血の箇所が広くなり、呼吸困難になりました。このままでは危ないので、気管を切開します。それを承諾していただきたく待っていました」

「お願いします。早く、早く助けてやってください」

イトの一言で、手術台にいた與八郎の手術がすぐに始められた。

「病室に待っていてください」

と看護婦が言うので病室に帰り、手術の終わるのを待っていた。

與八郎はその日から、胸の穴で呼吸をすることになった。「植物人間」となったのである。

それから十か月という月日が流れ、八月三十一日、與八郎はついに帰らぬ人となった。六畳間に、北枕に寝かされた與八郎に、何も知らないマドカが抱きついて、

「父ちゃん、父ちゃん」

と言う。足をさすり、手をさすり、はては與八郎の顔にかけた白い覆いをはがし、與八郎の身体に自分の身体をすり寄せて一緒に寝ている。

一世は、

「マド、いけん。マド、いけん」

と言って與八郎からマドカを離そうとする。

「一世、いいのよ。マドカの好きなようにさせなさい」

一世は隣の六畳に入った。唐紙の戸を少し開けて、恐ろしそうに與八郎をのぞいている。

葬式が終わり、親族が帰っていった。取り残された親子四人。初七日がすみ、四十九日もすみ、月日の経つのは早いもので百か日もすませた。

昭和六十三年　それでもなお、光あり

与八郎が亡くなって、家が広くなった。四十九日までは與八郎は確かに座敷の座布団に座ってこちらを眺めている……という感触があったが、いつのまにか感じなくなった。それでも、與八郎の湯呑にお茶を入れて食卓に置く習慣はなかなか消えなかった。

そう、與八郎がいなくなっても生活は続いた。三人の子がイトを悲しみの中においてはくれなかった。一世は大きな声を上げて笑っている。イトの手を強い力でひっぱって庭に連れ出し、キュウリやナスを採ろうと誘う。マドカは小さな体を丸くして体操座りをし、赤いべべ着た人形を三つ、枕元に並べて撫でている。

與八郎の死を境に、イトは考え込むようになった。

〈私はいつのまにか六十三歳になった。もし私に何事かあったらこの子たちはどうなるだろう。私がもし倒れたらこの子らは……「お母ちゃんが倒れた」と言って知らせるすべを知らぬ。私の目が覚めるのを、腹をすかして待つのだろうか。どうしよう〉

恐ろしさに呆然となる。

修がせき込んでいる……。

「修や」

この頃にはもう、修は寝たきりになっていた。上手くご飯が食べられず痩せていた。目ばかりがぎょろっとしていた。足は細い細い棒のようだった。修の寝床は、台所から一番近い部屋に敷いてある。一世やマドカが勝手に入って踏みつけたりしないようにいつも見張っていた。イトはいつものように修に白湯を飲ませ、足を撫でていた。つま先が冷たい。足先が黒い。翌朝、つま先は冷たいままだった。黒さは足首まできていた。翌日はふくらはぎまで、そしていよいよ膝にまで来ようとしていた。

「修、修」

目にも力が入らなくなってきた。一晩中足をさすっていたが、恐ろしい。いよいよ救急車を呼んだ。

病院に着くと、修はストレッチャーで診察室に運ばれていく。イトは慌てて追いかける。ストレッチャーの周りを、大きいお医者様と研修のお医者様の四人が取り囲んで小走りに進む。修の姿はちらちらとしか見えなくなった。大きいお医者様は、手際よく修のネルの寝間着をはだけて足を診た。膝まで黒い、細い棒のような両足が見えた。四人は、イトには目もくれずに、そのまま慌ただしく早足で診察室に入っていった。

それを機にイトは急いで家に帰り、ご飯を炊いておにぎりをたくさん作った。

「ええか。おにぎりを食べるんぞ。いい子で待っててておくれ」

そしてすぐにタクシーで病院へ戻った。修はＩＣＵに入っていた。

夜は家に帰り、朝おにぎりを作って病院へ戻った。

それから二日間、修の目は閉じたままだった。足は膝の上まで黒くなっていた。手も黒くなってきている。イトは、ＩＣＵのビニールのカーテンの中にまで入ることを許されていた。一日中、修の足や手を存分に撫でてやった。

修は何も言わないまま、二日後の朝八時に、息を引き取った。

酸素を外された修は、ひと回り小さくなっていた。まだあたたかい修を抱き、頭を撫でてやった。

イトの手の中の光がまた消えた。


修が亡くなってほどなくして、福祉の人が訪問してくるようになった。いろいろな話をして帰っていく。世間話だけではなく、家の中のことも探ってくる。財産のことを聞かれた時にはとぼけたが、一世やマドカを預かってくれる施設があることを熱心に教えてくれた。この子たちを生涯大切にしてくれる施設ができたのだ。

施設に預かってもらう決心をするまでには時間がかかった。

「お母さんはこれまでご苦労をされてきました。こんなに重い障害のある子を三人も育てて大変だったことでしょう」

と、福祉の人は訪問のたびに労ってくれたし、

「これからが大変ですよ」

とか、

「お母さんも自由にやりたいことがあるでしょう」

と言ってくれた。そのたびにイトは庭に目をやりながら、（これまでも大変だったし、今さら一人でやりたいこともない）と思っていた。

「これ以上子どもたちに何かあったら、福祉の責任が問われますから」

という話も何度も聞いた。だから何だ、と思いながらも、「家族の責任」だと親族からも世間からも冷たく見られていたイトには、「福祉の責任」という言葉が新鮮だった。

「いつまでもお母さんが見てあげることは難しいのですよ。子どもたちにはそれが一番いい方法なのです」

と言われた時に、確かに自分はいつまでも生きてはいられないと、素直に聞くことができた。それは與八郎の死が教えてくれたこと、修の死が教えてくれたこと。

それからイトは子どもたちを連れて福祉の窓口に通うようになった。

一世は高砂市の精神薄弱者更生施設に入所することになった。昭和六十年にできたばかりの最新の施設だ。先生方は若くて元気だ。家の中が静かになった。

体の小さいマドカにはいつまでも家にいてほしいと思ったが、「マドカのことを考えてやってください」という福祉の人の勧めで、新宮町の精神薄弱者更生施設に入所することになった。一世とは別の施設になった。福祉は「措置」なので、希望の施設に入れるわけではない。しかし両方ともできたばかりの、とてもいい施設だという。

マドカは三十四歳、一世は三十一歳。

家の中はガランとしてしまった。

広い家に一人でいるのは、生まれて初めてのことだ。

與八郎や三人の子たちの面影とともに、家の中を片付けたり、庭の手入れをしたりして過ごした。そして月に一度の面会日だけが楽しみになった。イトは指定された面会を一度も欠かしたことはない。

一世は、施設で、箸袋に箸を入れる内職作業をしていた。一世が仕事をしている様子を陰から見せてもらった。

（母の言葉しか知らなかったこの子が先生の言いつけを守っている。働くことを知らなかったこの子が、自分の手でお金を稼いでいる。先生たちは「一世さんには可能性があります。成長していますと」と言ってくださる）

一世は給料袋をパタパタと左右に振って、誇らしげに母に見せた。

マドカは、会うたびに見違えるほどに元気になっていった。よろよろとしていた小さな足がしっかりと地についている。

（あの子がまっすぐに立って歩いている。ぶくぶくと太っていた体が、きゅっと引き締まっている。顔色もいい。見違えるようだ）

マドカのことをしばし言葉もなく見とれた。園生と遊ぶ様子がとても楽しそうだ。

秋になって、マドカの園で運動会があった。運動会は子どもたちと保護者でいっぱいだ。イトは一番前のテントに座らせてもらえた。マドカは学校へ行ったことがあるとはいえ、一度も運動会に出たことなどない。走るなど考えられない。おそらくどの競技にも出られないだろうと思っていた。

どこにいるのかと探していると、五、六人の園生の中に混じって、マドカの名前が呼ばれた。マドカが走る？　はっと驚いた時に、マドカが五、六人の園生と一緒に走り出した。

マドカの前には三人が走っている。前の三人は、

「マドカちゃん、早く、早く」

と呼びかける。マドカはそれに応えるように走ってついていこうとする。足を止めると、今度はあとの二人が、

「マドカちゃん、ほら行け、ほら行け」

と大きな声であおる。マドカはまた前を向いて走り出した。

前と後ろの園生たちに見守られて、一生懸命に駆けていくマドカを見て、胸が熱くなった。ぬぐえども、ぬぐえども涙が流れてくる。時が一瞬ゆっくり流れ、そして、みんながそろってゴールインした。


運動会の帰り道、イトは一人、小走りになっていた。走る足が止まらなかった。涙が流れ出た。

(幸せ……だった。一世やマドカは今が幸せだ。これからも幸せだろう。私は、私は、一生懸命に生きてきて、今ようやく安堵した。これからもまだまだ生きねば、この子らと)

初秋の赤い夕日が、あの遠い山を赤く染めている。イトの行き先をいつも照らしていた裏山の光が、今日も遠くに見えていた。

おわりに

ひとまずイトの物語をここで終わらせよう。イトが物心ついた一九三〇（昭和五）年から、與八郎さんとの大切な時間を過ごした一九八八（昭和六十三）年までの物語である。

一九二四年生まれのイトの幼少期は、一九二〇年の戦後恐慌から金融恐慌、昭和の大恐慌に至る深刻な経済危機にあり、農村では身売りが頻発した時代であった。イトは級友の母親が売られるのも見ていた。イトは祖母のもとで命をつないだが、そのために跡取り娘となる。女は「家」に縛られてしか生きられない時代であった。そして家も食べ物も初恋も、生活のすべてを奪う戦争があった。女所帯に配給が少ない中で、食糧難を生き延びるために結婚をする。夫となった與八郎は、厳しい炭鉱労働に自分を見出す人だった。三人の愛し子には障がいがあった。障がいのある子は学校に行けず、家の中の狭い世界でしか生きられなかった時代であった。

イトの物語はこのあとも続く。次の人生の舞台は、平成の名古屋である。與八郎さんと修が亡くなったのち、自分の身に何かあったらこの子たちを守れない、と悟ったイトは、マドカと一世を兵庫にある精神薄弱者更生施設に預けた。重度の障がいがある人にとっては、生きる選択肢があまりにも少ない時代が長く続いていたが、ちょうど新しく施設ができたことで、家族の安堵がようやく叶ったのである。重度障がいのある人への一般市民の関心は低く、政府の福祉対策も遅れていた中で、修、マドカ、一世の三人は「日本の障害者の、特に日のあたらない座敷牢で辛酸をなめているであろう数多い重症の子」（水上勉『くるま椅子の歌』中央公論社　一九七三　あとがき　三八二頁）に数えられる。しかしイトは、「子が一番の宝だ」と常に言っていた。苦しみも悲しみも子たちがみんなきれいに洗い流してくれると。あらんかぎりの愛情をもって大切にされた三人の子はきっと幸せだったに違いない。

「親亡き後」の心配から解放されたイトは、名古屋に引っ越してきた。名古屋には智世と雪子がいる。雪子は一九六三年、六十歳の時に新婚の智世の家に同居し、孫たちの世話をし、働く智世の生活を支えていた。智世は、雪子やイトが願った通りに小学校の教員をしていた。イトはその智世に呼ばれて名古屋に来た。一九八九（平成元）年のことである。雪子とイトは、名古屋に来てからは二人で穏やかに昔話をして過ごす日々を送っていた。雪子が九十三歳で亡くなったあと、イトは、智世の家が見える所に土地を買い、家を新築した。その新居で、養女となった私（みのり）と二人で過ごす生活が始まったのである。

マドカや一世は、お盆と正月の年二回は必ず名古屋に連れてきて、一緒に親子で過ごしていた。

イトは二〇〇九年十一月九日、八十五年の生涯を静かに終えた。私はその頃、岡山県の大学に勤務していたが、最後の二週間は毎晩名古屋に戻り、イトが入院する病院に泊まっていた。そうしてイトは、私が戻ってくるのを待っていたかのように、夜中に息を引き取った。どんな嵐が来ても折れることのない、強靭で柔軟な精神で家族を愛したイトを、私は尊敬していた。

冒頭にも書いたが、イトは多くの資料を残してくれた。文字資料の大半は、手紙や日記の他、詳細な逐語録が書かれたメモや小説風に書かれた手記が占める。手記に残された文章の主語は、「私」だけではなく、時に「かな子」という他人の名前になることがあった。「かな子」の記憶は、おそらく誰にも語れないイトの胸の内であろう。誰に読ませるわけでもないのに読み手を想像しながら、つらい出来事からいかに立ち直ったか、悲しい出来事をいかに滑稽なものにするかと、切ないばかりの工夫が見える。語り合える家族がいない中で、自分自身の生き方を肯定するために客観的な別人格になる時間が必要だったのだろう。イトの強靭さは自らの心のうちで養ってきたものだった。

私は與八郎さんも好きだった。與八郎さんは幼い頃から家族のために奉公に出され、十七歳から家族のために炭鉱で働き、戦争から復員してすぐイトと結婚をして、五十一歳までを炭鉱で、その後も系列会社で働き続けてきた。無口で不器用ではあったが、とても朗らかで、とにかくよく働く人だった。

最も厳しい労働環境にあった坑内員には五十五歳から年金が下りる制度があった。また、坑内員に対しては厚生年金の特例があった。與八郎さんの厚生年金保険の加入期間は、特例によって実期間の三分の四倍となり、五五八か月である。さらに太平洋戦争期の坑内作業は、戦時特例によって、さらに三分の一を乗じて得た期間が加算された。働きに働いた與八郎さんの人生。常に当時の日本の平均年収より多く稼いできた與八郎さんは、ずっと一家の大黒柱であり続けたが、亡くなったあとも変わらず、坑内員の遺族年金という形で一家を守り続けた。イトが亡くなったあと、遺族年金はマドカと一世が継いだ。障害年金よりも受給額が多いため、遺族年金を選択した。マドカが亡くなったあとは、一世が今もその恩恵を受け続けている。與八郎さんが亡くなって四十年になるが、毎年、年金の手続きをするたびに私は、與八郎さんがイトとともに、今もすぐそこにいて、一世を見守り続けているかのように思い起こす。

二〇二一年十一月九日は、イトの十三回忌であった。一九二四年生まれのイトは、生きていれば今年は数えで百歳となる。世の中の誰にも知られていないただの一人の女であるが、確かに靭く生きた人である。百年という年月の重みを感じながら、宇都宮イトという女の一生を残せることにこの上ない喜びを感じている。子のない私が、養女としての責任をようやく果たせるように思うのだ。

二〇二三年十月二十四日

宇都宮みのり

著者プロフィール

宇都宮 みのり（うつのみや みのり）

1966年10月24日生まれ。愛知県名古屋市出身。1989年、日本福祉大学社会福祉学部卒業後、精神科医療機関での勤務を経て、日本福祉大学大学院修士課程 社会福祉学研究科及び岡山県立大学大学院博士後期課程 保健福祉学研究科を修了後、現在、愛知県立大学教育福祉学部教授（保健学博士）。

遠き山に光あり

2023年11月15日　初版第１刷発行

著　者　宇都宮 みのり
発行者　瓜谷 綱延
発行所　株式会社文芸社
〒160-0022　東京都新宿区新宿１－10－１
電話　03-5369-3060（代表）
03-5369-2299（販売）

印刷所　図書印刷株式会社

ISBN978-4-286-24578-2